JN029859

僕たちはどう生きるか

言葉と思考のエコロジカルな転回

森田真生

集英社

はじめに

僕の一日は、家にいる生き物たちの世話から始まる。

カワムツ、ヨシノボリ、エビ、オタマジャクシ、サワガニなど、子どもたちと近くの川でつかまえてきた生き物たちに餌をやり、トノサマガエル、クワガタ、カミキリムシ、カマキリたちの様子を確認し、必要があれば、水や餌をやったり土を替えたりする。家族みんなで朝食を食べ、長男を幼稚園に送り届けた後、自分のラボに到着すると、ラボの庭の菜園の手入れを始める。蛹室《ようしつ》を作り始めたカブトムシの状態を確認し、庭を一周しながら、その日の植物や虫たちの様子を見て回る。

春に植えた山椒《さんしょう》は、大きなナミアゲハの幼虫に、すでにかなり葉を食われている。ハコネウツギの木には紅白の小さな釣鐘型の花が咲いている。その木の根元から勢いよく生えているカラムシの葉に、薄緑と黒の鮮やかな斑紋のラミーカミキリがとまっている。

昨日の生ゴミをコンポストに入れる。伸びてきた生垣の剪定《せんてい》をする。落ち葉を集める。菜園で収穫できそうな野菜から、今日の昼のメニューを考える。
カブ、パクチー、万願寺唐辛子《まんがんじとうがらし》、トマト、モロヘイヤ、ローズマリー、レモン、ミントなど、狭い土地にたくさんの野菜やハーブがひしめいている。カボチャやスイカも芽を出している。今日は大葉がたくさん収穫できそうなので、大葉とシラスのパスタにするか。

一年前まで、ここにはヨシノボリもエビもクワガタもカエルも、カブもパクチーもなかった。僕は週に何度も新幹線や飛行機に乗り、忙《せわ》しなく移動する日々であった。カエルを手にとったことも、野菜を育てたこともなかった。虫にも植物にも無関心な生活。裏庭のハコネウツギが毎年、小さな紅白の花を咲かせていることにすら、何年も気づかずにここで暮らしてきた。

この一年で、いろいろなことがすっかり変わった。一日のなかで、人間ではないものと過ごす時間が増えた。自分が言葉を発するよりも、自分でないものたちが発している声に、耳を澄ます時間が多くなった。子どもや植物や他の生き物たちの生き続ける姿に学び続ける日々だ。

今朝、ナミアゲハの幼虫が、いつもいる山椒の木にいなかった。新たに葉を食われたばかりの山椒の枝だけが、まっすぐ天に向かって伸びていた。あんなにたくさん葉を食べ、ようやく蛹になる頃になって、あの美しいイモムシは、蝶《ちょう》になる可能性を宿したまま、なにものかに食われてしまったのだ。あんなに懸命に生き、もりもりと食べ、あそこまで育ち、そしてあっけなく食われた。

生まれたばかりのエビが、オタマジャクシに食われる。カエルになる手前でそのオタマジャクシもまた天敵に食われる。カエルになり、蝶になる可能性を秘めたまま、その見事な肉体が、潜在する変態の可能性を発揮することなく、なにものかの餌になる。自然のなんと浪費的なことだろう！　しかしそうしていのちは淡々とめぐってきた。少なくとも三五億年、生命そのものは、おそらくこの地上で一度も滅びていない。

これまで国内外を忙しなく旅しながら、数学にまつわるレクチャーやトークをすることを生きがいとしてきた。その僕がなぜ、にわかに京都の山の麓で生き物の世話に明け暮れているのか。僕は世捨て人になって、虫や植物と余生を過ごそうとしているのではない。新興のウイルスが世界中に広がり、気候が人類の経験したことのない速度で変動していくこの時代に、果たしてどのように生きていくのか、模索する日々だ。これまで反復していた自然がかつてのようには反復しなくなり、当たり前にいたはずの生き物たちが次々と滅びていく世界で、心を壊さず、しかも感じることをやめないで生きていくためには、大胆にこれまでの生き方を編み直していく必要がある。

ウイルスや気候がもたらしている現実は、僕たちに、これまでとは別の生き方を始めることを求めてきている。少なくとも人間がすべての頂点に立ち、全体を俯瞰《ふかん》しながら環境を「正しく」支配し制御するという発想は、もはや機能不全をきたしている。かつての常識が根底から崩れ始めているいま、これからの時代を僕たちはどのように生きるか。この問いとともに過ごしてきた一年の記録を、本書では日記とともに綴《つづ》っていく。

舞台は、新型コロナウイルスの感染が日本でも急拡大を始めた二〇二〇年の春に遡る。全国各地を新幹線で飛び回りながら、庭に目をやる余裕もないほど忙しなく回転していたそれまでの日々が、ここで急停止する。息子の幼稚園も休園となり、にわかに自宅が幼稚園状態となった。

先行きはまったく見えない。しかし時間を止めることもできない。この不透明で不気味な時代を、僕たちはどう生きるのか。生きてみながら、考えるしかない。

僕たちはどう生きるか　言葉と思考のエコロジカルな転回　目次

写真　Y.M.
イラスト　J.M.
装丁　水戸部 功

僕たちはどう生きるか

言葉と思考のエコロジカルな転回

春

STILL

人間の知恵の価値など風にそよぐブナの木にも及ばないと知ることにこそ、本当の喜びはある。

——リチャード・パワーズ『The Overstory』

二〇二〇年三月三〇日（月）
午後八時半　小池《こいけ》都知事会見
感染爆発　重大局面
感染者数の爆発的増加　岐路
医療体制を危機的な状態に追い込まないための重要な対策
「いまの時点では、指数関数的な増加の兆候はありますが、爆発的増加ではない」（西浦《にしうら》博《ひろし》、厚労省クラスター対策班・北海道大学教授[1]）

この日僕は、京都の東山《ひがしやま》の麓の自宅で、一人で仕事をしていた。妻と二人の息子たちは、妻の実家でしばらく春休みを過ごしていた。緊急事態宣言が近日中に出るのではないかと周囲では噂《うわさ》されていた。妻と子どもたちは予定よりも早く、妻の実家から戻ってくることになった。

予定されていた仕事は次々とキャンセルが決まっていった。四月以降の予定はまったく不透明であった。

科学の進歩により、僕たちはまだ到来していない危機に慄《おのの》き、あらかじめ不安を抱くことができるようになった。科学が進めば進むほど、見晴らしがよくなり、物事がクリアに見えてくるかというと必ずしもそうではなく、知れば知るほど、何気ない日常の奥に潜む、不気味なものの気配に目覚めていくという側面もある。

疫病が神の怒りや悪魔の仕業とされていた時代、くしゃみとともに放たれるわずかな飛沫《ひまつ》のなかに、死に至る病を引き起こす微小な粒子が、無数にひしめいていることなど誰に想像できただろうか。神や悪魔に怯《おび》える代わりに、人はいま、わずか一〇〇ナノメートル（一ミリメートルの一万分の一）の大きさの、生物とも無生物ともつかない存在の気配に慄いている。

ウイルスは、核酸とそれを覆うタンパク質や脂質からなる小さな構造体である。生物の体外では単なる物質とほとんど同じで、自分の力で増殖することができない。ところが、これが細胞に寄生するとただちに宿主のタンパク質合成機能を乗っ取り、膨大な数の子ウイルスを産生し始める。

一個のウイルスが細胞に感染した場合、五、六時間で一万個を超す子ウイルスが生まれ、これらが周囲の細胞に感染を広げながら、およそ半日の間に一〇〇万もの子ウイルスが誕生するという(2)。

ウイルスはこの地上のありふれた存在である。わずかな水や土のなかにも、大量のウイルスが潜む。しかしこれがときに、いつもの宿主とは違う細胞に入り込んで、残酷な病を引き起こす。

疫病の原因は神でも悪魔でもなく、目に見えない小さな微粒子なのだ。科学の進歩によって、現実は透明に見晴らせるようになるどころか、むしろ静かに、その不気味さを増す。

四月一日（水）
雨。J（長男、四歳）と朝ごはんを作る。
四月に予定していたすべてのイベントをオンラインに移行するため、準備を進める。いまは多少大げさなまでの social distancing を徹底すること。

ゆで卵を作るために、湯を沸かす。息子はずっと、鍋のなかを覗《のぞ》き込んでいる。透明な液体のなかで、分子の運動が静かに加速していく。やがて湯がぶくぶくと沸き立つ。

「沸騰」の概念を息子に説明しようと、数日前に彼と一緒にYouTubeを開いたとき、彼が「これを見たい！」と選んだのは、白衣を着た予備校講師のしぶい化学の講義だった。

若い講師が、ホワイトボードに絵を描き、水分子の運動を模式的に説明している。息子は、何を思っているのか、しきりに「すごぉい……」と嘆声をもらしている。

目の前にある何気ない水が、目に見えない小さなスケールで激しい活動をしている。このことを四歳なりに、感じ取っていたのだろうか。食わず嫌いで卵をこれまで口にしなかった息子は、この日自分で茹《ゆ》でた卵を「おいしい！」と、夢中になって頬張っていた。

温度はかつて、主観的な皮膚感覚のことであった。これを定量的に計測できるようになったのは、ガリレオ・ガリレイの時代だ。ガリレオとその仲間たちは、熱さや冷たさの感覚を気体の熱膨張として表現できることに気づき、気体温度計を発明した。分子運動論の観点から、熱運動の激しさの指標として「温度」が理解されるようになるのは、一九世紀後半になってからのことだ[3]。

この頃、人間の小さなものへの理解は飛躍的に高まっていった。パスツールが発酵の原因として酵母を発見したのが一八六〇年であり、ロベルト・コッホが炭疽《たんそ》菌の分離に成功したのが一八七六年である。その後コッホは、結核菌、コレラ菌など、次々と細菌の単離に成功し、病気が起こる原因が、呪いや祟《たた》りや「悪い空気《ミアスマ》」ではなく、細菌だということが少しずつ科学的に認識されるようになった。

温度を意味するtemperatureは、ラテン語temperare（しかるべき割合に混ぜる）に由来するという。これはもともと、「各要素がほどよく混ざり合った」「調節、整調された」状態を意味し、ある種の調和を示唆する言葉である。

細菌やウイルスが引き起こす身体《からだ》の変容は、わずかな身体の「温度（temperature）」の乱れとなって顕在化する。体温の変化は、見えない他者の侵入により、身体がしかるべき「調和」から逸脱しつつあることを示す兆候である。

厚生労働省が二月に新型コロナウイルス感染症に関する「相談・受診の目安」を発表し、三十七度五分以上の発熱が四日以上続く場合は、相談・受診を検討するよう推奨する姿勢を示した。(4) 今回の感染拡大を機に、体温を頻繁に測るようになった人も少なくないだろう。「平熱」という言葉がある。人は通常、体温が一定の範囲に保たれている。だから、平熱から大きく逸脱しない限り、体温が意識を占有することはない。逆に、体温を特別に意識しているとき人は、からだが作動する「背景」に注意を向けているのだ。

人間の生存にとって、体温と同じくらい重要な「温度」は、人間が住む地球の気温である。全身の調和が、体の平熱を保っているように、地球環境の生態学的な調和が、地球上の大気の温度を安定させている。

ところが、過去一三〇年に地球の平均気温は、〇・八五度も上昇している。日本に限って言えば、過去一〇〇年で、平均気温は約一・三度上昇している。(5)

平熱からの逸脱が、人体の異変の兆候だとすれば、急速に進む地球の温暖化は、地球環境がこれまでの調和から逸脱しつつあることを示す徴《しるし》だ。それは、人間が活動する場が「背景」から不気味に変容していることを静かに告知している。

科学者は膨大な気象データを集め、未来の温暖化シナリオを描き出そうとしている。こうして、地球の気温を意識し続けることは、これまで透明化していた人間活動の背景に、あらためて注意を向けていくことである。

背景は、そこに意識が向けられた途端、もはや背景であることをやめる。前景に浸み出してきた背景は、もはや中立でも透明でもないからである。

四月二日（木）

【新型コロナ、若者が次々に重篤化　ＮＹ感染症医の無力感（池松由香《いけまつゆか》、日経ビジネス）(6)】

「何も治療歴のない健康そのものの屈強な男たちがいきなり、急性呼吸不全（ARDS）になって自発的な呼吸ができなくなり、重篤化、死に至るというようなケースを毎日のように目の当たりにしています。……大学病院が多く、研究データが豊富で感染症の専門家も多いニューヨークですら、こんな状況です。東京でもし同じ状況になったら、到底、対応できないと考えられます」（斎藤孝《さいとうたかし》）

ドミニク・チェンさんをゲストに招く予定の今月のイベントについて、オンライン配信希望の旨を伝える。ドミニクさんに快諾をいただく。

自転車でパン屋へ。朝食を買う。

世界各地で新型コロナウイルスの感染者数が急激に増大している。各国の感染者数と死者数を並べたグラフが、連日、目に飛び込んでくる。感染爆発による医療崩壊に苦しむアメリカやイタリアからのメッセージは、まるで未来からの便りのようだ。

新型コロナウイルスの潜伏期間は長い。このため、いまの行動とその帰結の間に、不気味な時間差が生じる。現在の意識に未来が浸み込んでくる。あるいは、現在が、未来にはみ出してしまっている。「いま」に、にわかに二週間の幅が生じてしまったかのようだ。時間の感覚が不気味に変容していく。

現在と過去に埋没するのではなく、未来と波長を合わせて生きていくこと。それはまさに、世界中の科学者や環境活動家が、これまで地球温暖化の文脈で訴え続けてきたことである。

ＩＰＣＣ（気候変動に関する政府間パネル）の第五次評価報告書（二〇一四年発表）によれば、陸域と海上を合わせた世界平均地上気温は、一八八〇年から二〇一二年の期間に〇・八五度上昇している。人間活動による温室効果ガスの排出量を大幅に、しかも持続的に減らし続けていかない限り、地球気温の上昇はこれからも続き、異常気象による災害の多発や、食糧不足、水資源不足、広い範囲での生物多様性の損失など、深刻な影響が続くと予測されている。

いま飛行機に乗るのか、自動車に乗るのか、このまま化石燃料に依存した生活を続けていくのか、一つ一つの選択が、決して遠くはない未来の風景を変える。だから、もっと未来を想像して生きよ！　こう叫ぶ科学者や市民の声はしかし、人類の行動パターンを変えるところまで影響力を持つことはなかった。

ところが、新型コロナウイルスは人間の行動を確実に変えている。人は飛行機に乗らなくなった。いくつもの工場が止まった。人は極力移動しなくなった。現代文明がほとんど一丸となって、徹底的な行動の変容を起こしているのだ。

世界各地で、人は専門家の言葉に耳を傾け始めている。「Flatten the curve!（感染のピークを下げよう！）」のかけ声のもと、医療崩壊を防ぐために、「人と人との距離（social distance）」の確保に努めている。必要とあらばこれまでの習慣も手放し、いまの行動が、未来の帰結を変え得ることを、多くの人が自覚し始めている。大規模な気候変動に直面しながら、いままでは決して起こらなかったような変化が、にわかにものすごい速度で実現しているのだ。

同じ危機でも、なぜこれほど大きな反応の違いが生じているのだろうか。

知識だけの問題ではないだろう。感染のピークを下げるために求められる行動（人と人との距離の確保！）が科学的に明らかなのと同じくらい、地球温暖化を食い止めるために必要な行動（化石燃料を燃やさない！）も明らかだからだ。気候変動の危機について、僕たちは、何が問題で、解決するためには何をしなければいけないかを、知識としてはとっくの昔から把握していたはずなのである。

ＳＦ作家のキム・スタンリー・ロビンソンは「ニューヨーカー」に寄稿したエッセイ「The Coronavirus Is Rewriting Our Imaginations（コロナウイルスは私たちの想像力を更新している）[7]」のなかで、「知っているけど行動しないこと（knowing-but-not-acting）」が、これまで現代文明の「感情の構造（structure of feeling）」を規定してきたと論じている。現代人はあまりに多くのことを知っているが、他方で、知っていることのほとんどを実感できていないかったというのだ。

日々おびただしい数の生物種が絶滅している。このことを僕たちは知識としては承知している。それが、自分たちの行動の帰結であることもわかっている。いまの毎日の快適な暮らしが、持続可能でないことも頭では知っているつもりだ。それでも、切実な実感を伴わない。だから、これまでの行動の習慣を手放してまで、何とかしようと思うことができない。わかっているけど、感じない。感じないから、動かない。これが、僕たちの「感情の構造」だったと、ロビンソンは語る。

だが、ウイルスの登場によって事態は変わった。「Now we feel it」とロビンソンは書く。いまの暮らしが持続可能でないこと。死がいつ到来してもおかしくないこと。頭ではわかりきっていても実感を伴わなかったことが、にわかに実感できるようになってきたのだ。

何が変化をもたらしたのだろうか。

「感染のピークを下げる」ことも「気温上昇を抑える」ことも、どちらも未来のために、現在の行動を変えることである。だが、抑えるべき感染のピークがやってくるのは、地球の平均気温が二度上昇してしまう日が来るよりも早い。気候学者が何十年も先の未来を語るとすれば、感染症の専門家は、数週間後の未来を警告している。この「未来の近さ」が、危機に対する反応の違いとなって表れているのかもしれない。

反応の違いは顕著である。だが、依然として二つの「危機」のあいだには重要な共通点がある。どちらも人間が危機をもたらす要因を作り出していること。危機を阻止しようとする取り組みが、既存のシステムの順調な作動の急激な停止を意味していること。いずれの危機においても、問われているのは、現在に浸みこんでくる未来と、どこまで波長を合わせて生きていけるかだ。

四月三日（金）

【パンデミックを生きる指針（藤原《ふじはら》辰史《たつし》、B面の岩波新書[8]）】

「新型コロナウイルスの活動が鎮静ではなく、拡散の方向に向かっているいま、希望的観測から頼りうる指針を選別していくため参考にすべき歴史的事件は、ＳＡＲＳやエボラ出血熱よりも「スペイン風邪」、すなわち、スパニッシュ・インフルエンザだと私は考える。……一九一八年から一九二〇年まで足掛け三年かけて、三度の流行を繰り返し、世界中で少なく見積もっても四八〇〇万人、多く見積もって一億人の命を奪い、世界中の人びとを恐怖のどん底に陥れた」

哲学の道を息子と散歩。

道すがら、たんぽぽを拾う。

スパニッシュ・インフルエンザは終息まで足かけ三年かかったという。感染症に関して、過去の事例を一般化しない方がよいとはいえ、新型コロナウイルスも終息まで数年単位の時間がかかる可能性を覚悟しておいた方がよさそうである。

この頃、ＳＮＳ上で話題になっている画像があった。ソファで寝転んでポテトチップスを食べている男性の同じ写真が二枚並んでいて、そのそれぞれにキャプションが付けられている。

【二〇一九年　怠惰な男】

【二〇二〇年　人の命を救う英雄】

「人と人との距離」の確保により、感染拡大と医療崩壊を防ぐ。この考え方が多くの人に共有されるようになり、自宅のソファで寝そべる男性の行動の持つ意味が変わってしまったのである。背景が変われば、昨日までただ怠惰なだけだった男も、一夜にして人を救う英雄になる。同じ言葉、同じ行動の意味が、めまぐるしく変容していく。

四月八日（水）

ボリス・ジョンソンは体調安定、肺炎の症状なしとの報道。

フランスで死者一万人を超える。

裏庭に小さな菜園をつくるべく、Jと土を耕し始める。古い物置の奥から鍬《くわ》が出てきた。

生まれて初めて鍬を使う。

明日は幼稚園の始業式だが、休むことを園に伝える。


息子の幼稚園は結局、始業式の翌日から休園になった。全国で休園・休校は、しばらく続くことになる。とすれば、一時的なその場しのぎで現状を「耐えよう」とするのではなく、事態の長期化を覚悟し、根本的に新しい状況を「受け入れる」意識に変えていく必要がある。

昨年、長男が幼稚園に初めて登園した日のことを、僕はいまも鮮明に記憶している。自信なげな心細い後ろ姿で、大きなリュックを背負って、「やっぱりおかあさんといっしょがいい！」と泣き叫びながら、彼は園へと向かっていったのだった。ところが、園から戻ってきたとき、彼は朝の様子とは打って変わって、晴れやかな笑顔でこちらを見上げて、「ねぇ、おうちも、おにわも、ぜーんぶようちえんにするのはどうかな!?」と、楽しそうに話しかけてきたのである。(9)

あの日の彼の提案を、実行に移すときが来た。僕は、休園の長期化を覚悟し、この際、本当に「おうちも、おにわも、ぜーんぶようちえん」にしてしまおうと決めたのである。

四月九日（木）

【閉鎖環境のプロに学ぶ─新型コロナウイルスに精神的にやられず過ごすには(10)（林公代《はやしきみよ》）】

「遭難しているのに、『まだ迷ってないはずだ』、『出口があるはずだ』という心理状態の人には何を言っても止められない。みんなが『遭難したんだ』という認識を共有してからでないと次の一手が打てないのです」（村上祐資《むらかみゆうすけ》）

Jと朝ごはんのサラダを作る。

世羅《せら》の山口《やまぐち》農場長から土とベビーリーフが届く。さっそくプランターに土を入れ、種を蒔《ま》く。筋肉痛。

二二時頃就寝。

料理、雑草や虫の観察、掃除、お母さんの手伝いや弟の世話……。暮らしのなかには、学びの機会がいくらでもある。僕は毎日、少なくとも半日は「幼稚園長」として生きることにした。いまを、いつか「もとに戻る」ための忍耐ととらえるのではなく、この状況を心から「appreciate」して生きていくのだ。

「appreciate」というのはいい言葉だ。味わうこと。認めること。そして、感謝すること。こうしたすべてのニュアンスをたった一〇文字のなかに内包している。

四月一〇日（金）

曇り。ゴミ出し。

昨日、京都大学で初の感染者。

Jと朝から昼休みを挟んで日没まで畑仕事。心地いい疲労感。

「おうちも、おにわも、ぜーんぶようちえんプロジェクト」の柱の一つは裏庭での活動になった。ここで僕は、息子と一緒に、小さなスペースを開墾し、土作りから畑仕事を始めてみることにした。息子は、「はたけやさんになれそう！」と張り切り、裏庭の菜園を「もりたのーえん」と名付けた。

四月一一日（土）

四時過ぎに目覚める。

Jと土を耕し、庭の落ち葉を土に混ぜる。

「おそらく、予測では、来週半ばまでは感染者が上げ止まらない状況が続きます。医療が持ちこたえるために一番大事な時です」（西浦博）

今回の感染症の拡大は無論、あくまで人間にとっての危機だ。人間以外のほとんどの生物にとっては、このウイルスは何の脅威でもない。逆に、人間の活動の停滞によって、各地で大気汚染や水質汚染の大幅な改善が報告されている。普段は濁って魚が見えない川や海でにわかに魚の泳ぐ姿が見られるようになった（魚の方もいままでとは違う光の風景を味わっているだろう！）。騒音に邪魔されない鳥たちのさえずりは、いつもよりも活気づいているように聞こえる（自分たちの声が静寂のなかではこんなに響くのかと鳥たちも驚いているだろう！）。多くの生物種にとって、いまの状況は、危機よりもむしろ、環境のささやかな改善である。

同じ出来事が、人間中心的な枠組みの外では、まったく別の意味を持つ。都市のロックダウンは、人間にとってはスムーズな生活の中断にほかならないが、人間でない生物の多くにとっては、人間活動の順調な作動こそが、平穏な暮らしを阻害してきた最大の要因なのである。

同じことが、異なる存在、異なるスケールにおいて、まったく別の意味を持つ。だから物事の意味を、一つの尺度に閉じ込めてしまうわけにはいかない。

同じことが別のスケールではどんな意味を持つか。これを常に想像し続ける姿勢を、アメリカで独自の環境哲学を展開するティモシー・モートンは「エコロジカルな自覚（ecological awareness）」と呼ぶ。

エコロジカルな自覚とは、おびただしく多様な時間と空間の尺度があることに目覚めることである。そして、人間はこの広大で、必然的に不首尾な可能性の空間の、ごく狭い領域の一つにすぎないこと、さらに、人間の尺度がいちばん偉いわけではないことに、気づいていくことである。[11]

僕の腸管には一〇兆から一〇〇兆ものバクテリアがいる。さらにその数十倍のファージ（バクテリアに寄生するウイルス）が腸内には生息しているという。[12]これら微生物やウイルスの力を借りながら、僕のからだは自力では作り出せないアミノ酸やビタミンを産出している。

人体の約三七兆個の細胞にはそれぞれ何百ものミトコンドリアがいて、遠い過去に細胞の祖先と共生を始めた彼らが、いまもせっせと細胞にエネルギーを供給している。僕のからだのなかには、無数の僕でないものたちがいる。その力を借りて初めて、僕は僕であり続けることができる。

同一性に先立ち、他者との混淆《こんこう》がある。だから、全身のバクテリアをきれいに洗い流してしまえば、僕はまともに食べ物を吸収することもできないのである。

エコロジカルな自覚のもとでは、僕が僕であるという「自己同一性（identity）」は、もはや当たり前のことではなくなる。「A＝A」という「自同律（law of identity）」は、ほとんど自明な原理のように見えるが、生命にとってはむしろ、驚くべき達成なのである。

純粋に、清潔に、首尾一貫した「自己」という発想自体が、すでに現実味を失っている。自己と非自己、人間とそれ以外と、ものごとを図と地にきれいに分けられると信じるにはもはや、僕たちはあまりにも深く、他者が自分に浸みこんでいることを学んでしまっている。

前景と背景、図と地を切り分けて考える発想そのものの機能不全。ティモシー・モートンはこれを、「世界の終わり（the end of the world）」と呼ぶ。[13] それは、終末論的で破局的な、人類や地球そのものの終わりではなく、内と外、図と地を切り分け、自分だけが安全に引きこもれる場としての「世界（world）」があると考えること自体の有効性の終わりなのだ。

人間の言葉だけが溢《あふ》れるＳＮＳを開くと、不安や焦燥が募る。だが、黙々と土をいじっているときには、心は穏やかになる。

一握りの肥えた土には、おびただしい数の微生物がいる。そこにミミズや、ダンゴムシ、トビムシなどたくさんの小さな生き物たちが集う。僕の知らない間に彼らが、庭の土を耕し、有機物をせっせと分解している。

裏庭に生えたカラスノエンドウに、どこからともなく蟻《あり》が集まってくる。蜜を懸命に吸う彼らは、カラスノエンドウをアブラムシから守る用心棒である。(14)

春の色鮮やかな花々を見つけては、息子が「はいどうぞ！」と張り切って水をやる。だが花は、花粉を運んでくれるアブやハチへの誘いなのである。それを息子は、まるで自分への贈り物であるかのように受け取り、嬉々《きき》として花々に語りかけている。誤読の創造性に満ちたコミュニケーションは、自然界ではありふれた日常である。

花に誘われてハチが来る。花は、花粉を運んでもらうために蜜を差し出す。花は、ハチが体内に侵入してくることを許す。植物は、支え合うことに先立ち、まずは自分自身を差し出している。共生の提案に先立ち、他者の訪問を許容している。(15)

人間の意味解釈におさまる外で、いまも生命の営みは続く。無数の生き物が生まれ、亡《ほろ》び、築き、腐食していく。

僕は息子と、黙々と土を耕す。

土は有機物を食べて元気になるのだと僕は息子に教える。息子は不思議な顔で「土は石も食べるの？」と聞く。

僕は何気なく「僕もJも死んだずっとずっと後には、石も土に還《かえ》るだろうね」と答える。彼はだまって、何かを考える顔で土を見つめる。

「おとーさんとJとおかーさんとR（次男）は何時間後に死ぬの？」と息子が聞く。

「それは誰にもわからないんだよ」と僕は答える。

この世の中は実際、わからないことばかりなのだ。

僕だってつい数週間前まで、まさか鍬を持って裏庭に立つなんて、思ってもいなかったのである。これもウイルスたちのおかげだ。彼らの増殖によって、これまでの僕の日常のリズムは、完全に崩されてしまったのである。

HOLD STILL
その場でじっと立ち止まること

昨年、リチャード・パワーズの小説『The Overstory』[16]（邦題：『オーバーストーリー』）を読んだ。この小説の主題は地球温暖化に伴う森林の危機である。危機に翻弄され、互いに交錯しながら展開していく八組の人物の生が描かれている。物語の背景には常に木々がいる。だが、ときに樹木たちの方が、物語の前景に飛び出し、人間活動の背景であることをやめる。前景と背景の区別という発想の終わり。モートンの言葉でいう「世界の終わり」を、この物語の構造そのものが反映している。

物語の通奏低音として流れ続けるキーワードは「STILL」だ。STILLは、静止（じっとしている）や逆接（それでも）、持続（まだなお）など、複数の意味を内包する豊かなニュアンスを孕《はら》んだ言葉である。

『Oxford Dictionary of Word Origins』を開くと、「still」の項目に、一五世紀に遡るこのような用例が出てくる。

still waters run deep
静かな水は、深く流れる

一見するとしんとして動きのないように見える水の流れは、表面からは見えない深さで動き続けている。STILLとは、単なる動きの欠如ではない。それは、生命の躍動をたたえた静かさである。

ただその場でじっとしているだけに見える木々も、地上で、地中で、すさまじい生命活動をくり広げている。僕には見えない時間と空間の規模で、木々は静かに活動している。STILLは、こうした樹木のありかたを象徴する言葉なのである。

樹木は、全身で環境を知覚している。彼らには、人間の目よりも繊細な光センサや、人間の耳よりも敏感な振動センサがある。しかもそれが全身に分布している。彼らは、土中に深く根を下ろす。根は、周囲の環境とコミュニケーションをとりながら、水や栄養、生きるための情報を集める。

植物は太陽エネルギーを生命エネルギーに変える。何か特定の意味や目的に縛られることなく、それでも、いや、まだなお、淡々と生長を続けている。そうして、彼らはあらゆる陸上生物の活動を支える大気すら生み出してしまうのである。

『The Overstory』の冒頭で、木々たちが語る場面がある。

A thing can travel everywhere, just by holding still.
ものはただじっとしているだけで、どこへでも行くことができる。(17)

木々は、自力でことさら動こうとするより、太陽に、大気に、土中の生命活動にじっと感覚を集め続ける。そうして彼らは、ただそこにいようとし続けている。そんな彼らが、いまや地上のあらゆる場所に広がっているのだ。

四月一三日（月）
プランターに植えたベビーリーフが最初の芽を出す！
ダーウィン『ミミズと土』を読む。
面白い。

科学の歴史は、神に最も近い特権的な場所にいたはずの人間の地位を、低く、大地へと引きずり下ろしてきた。
「人類は時の流れの中で科学のために二度その単純な自惚《うぬぼ》れに大きな侮辱を受けなければなりませんでした」と、フロイトは『精神分析入門』の第一八講で語る。
フロイト曰《いわ》く、最初の「侮辱（Kränkungen）」はコペルニクスによってもたらされた。「コペルニクスの転回」によって、人間はもはや宇宙の中心にいるのではなく、無限の宇宙の片隅に漂っているだけの存在になった。

第二の侮辱は、ダーウィンの進化論による。人間が、他の生物とは異質の特権的な存在ではなく、あくまで他の動物と同じ進化の鎖の上にいることをダーウィンの進化論は明らかにした。

こうして、それまで不当に高く設定されていた人間の自然界における地位は、次第に下へ、地上のほかのものたちと同じ地平へと、徐々に引き下げられてきた。

フロイトはみずからの研究が、「三度目の、そして最も手痛い侮辱」を人間に与えると考えていた。何しろ彼は、人間が、自身の精神活動すら主宰できていないことを明らかにしたからである。

人間が世界の真ん中にいるわけでも、特別高い場所にいるわけでもない。フロイトが人類のうぬぼれに対する「侮辱」と呼んだこの一連の発見の過程を、モートンは「人類の大いなる屈辱（the great humiliation of the human）」と呼ぶ[18]。

彼は、代表作『Hyperobjects』のなかで、コペルニクス、ダーウィン、フロイトに連なるこの同じ系譜に、マルクスやハイデガー、ニーチェ、デリダなどを置く。だが彼はさらに、これら「屈辱を与える者たち（humiliators）」のリストの先端に、人間でないもの、すなわち、気候や、放射性物質や、ウイルスを位置づけようとするのだ。曰く、人間に真の「屈辱」を与えることができるのは、いまや時間的、空間的に、人間のスケールを圧倒的に凌駕《りょうが》した「超絶的な対象《ハイパーオブジェクト》」である。

「humiliation」という言葉は、ラテン語の「humus（大地）」「humilis（低い）」に由来する。普通は「屈辱」や「恥」と訳されるが、本来は、低く、大地へ降り立っていく動きを示唆する言葉で、「humility（謙虚）」「humble（謙虚な）」と同じ語源を持つ。モートンはこれを踏まえ、humiliationを単に「屈辱」ととらえるのとは別の道を開こうとするのだ。

人間は、もっと下へ、大地へと、自分たちの地位を引き下げていい。humiliationを恥や屈辱とするのではなく、人間が、人間でないものたちと同じ地平に降り立つところから、新しい存在の喜びを見つけ出していくこと。そのための言葉と思考の根本的な編み変えを、モートンは企てるのである。

日々息子と鍬を持つ僕は、ウイルスたちにhumiliateされている。目に見えない微小な粒子たちによって、僕の暮らしの目線は、これまでになく低く、大地へと接近している。

だがこれは、僕にとって「屈辱」ではない。ミミズやカラスノエンドウ、ダンゴムシや土中のバクテリアの存在を感じる日々に、僕は新しい喜びを発見している。人間との距離を保つ暮らしのなかで、僕は、人間でないものたちとの親密さを、少しずつ取り戻しているのだ。

ている。『The Overstory』で面白いのは、「STILL」が単に樹木のあり方を象徴する以上の働きをしていることだ。同じ言葉が、登場人物たちの人生の重大な転機において、象徴的にくり返し現れてくる。

この本を開くと、「HOLD STILL」という表現が何度も出てくることに気づく。「HOLD STILL」とは、立ち止まること、凍りつくこと、動けなくなることを意味する。だが、この物語ではこの言葉が、人間が、自分でないものに耳を澄まし始めたときの合図のように使われているのだ。

病気によって、事故によって、思わぬひらめきによって、それまで順調に作動していたはずの生の流れがにわかにストップする瞬間がある。その刹那、人は思わずその場で立ち止まってしまう。

だが、立ち止まることとは、単に「停止」することではない。いままで深く顧みることのなかった人生の前提条件が揺さぶられるとき、人は立ち止まり、自分でないものの声に耳を傾け始める。病気になって初めて身体の声を聞き始めるときのように。あるいは、環境破壊の深刻さに気づいて初めて、他の生物種の発する悲痛な声に耳を傾け始めるときのように。

すべてがただ順調に作動しているとき、そこにはしばしば、他者への想像力が欠落している。そもそも、順調な作動は、案外脆《もろ》い。「順調な作動」という観念自体が、作動の順調さを測るための一つの尺度に依存しているからである。

　危機において人は初めて、自分がこれまで寄りかかっていた「一つの尺度」の脆さに気づくことができる。そして、いままでとは別の尺度を探し始める。こうして、それまで自分を虜《とりこ》にしていた「世界」の外へと、感覚を開き始めるのだ。

『The Overstory』に登場する人物たちも、それぞれに印象的な仕方で、人生の順調な作動が止まる瞬間がある。だが、それが彼らの人生の終わりではない。むしろそこから彼らは、彼らしい人生を歩み始める。

　順調な作動という自閉的な枠組みが破れ、そこに異質な他者が訪問してくる。ここから、自分ではないものと付き合い、それと調子を合わせていこうとする営みが始まる。彼らのそれぞれの新しい人生は、ここから開けていくのだ。

　異質な他者の存在をゆるし、それと付き合いながら少しずつ調子を合わせていくこと。これをモートンは「attunement」と呼ぶ。「attunement」とは、音楽の文脈では「調音」を意味する言葉だが、波長を合わせていくこと、適応していくこと、自分でないものに少しずつ慣れていくことなどを含意する豊かな意味の広がりを持つ言葉である。他者を排除するのでも、ただ服従するのでもなく、他者に耳を傾け、付き合っていくこと。自分でないものと共存しながら、それでいて容易に一体化してしまわないこと。「attunement」にモートンは、こうした繊細なニュアンスを吹き込んでいくのである。

自己の内部に閉じこもるだけでなく、他者と調子を合わせていく人間の能力。これを支えているのは、人間の「弱さ（weakness）」だとモートンは語る。[19] 弱さとは、自力だけでは立てないことである。とすれば、エコロジカルな自覚とは、自分の弱さを自覚することでもある。

すべてのものは、自分でないものに支えられている。だから、自力だけで立てるものなどない。この意味で、人に限らず、ものはみな弱い。弱さは、存在の欠陥ではなく、存在とはそもそも弱いものなのだ。

僕は月を見上げて心動かされる。それは、僕が弱いからである。僕は、花を見て嬉しくなり、幼子の笑顔を見て思わず微笑《ほほえ》んでしまう。僕は、僕だけでは立てないからこそ、僕でないものと響き合うことができる。弱さこそが、attunement を支えているのだ。

かつて、自力を信じることができる時代があった。そこでは、知の目指すところは「正しさ」であった。誤謬《ごびゅう》に汚染されない清潔な場所に立ち、高みからすべてを曇りなく見晴らせるような視点があり得ると、素朴に信じることができる時代があった。

　だが、エコロジカルな自覚のもとでは、このような視点の「高さ」という考えそのものが機能しなくなる。エコロジカルな自覚とは、錯綜《さくそう》する関係の網《メッシュ》のなかに、自己を感覚し続けることだからである。網には、すべてを見晴らす「てっぺん」などない。

　一見どんなに正しく思えることも、意外な仕方で間違っている可能性がある。この意味で、僕たちは常に「偽善（hypocrisy）」を免れられない存在である。弱さが存在の欠陥でないように、偽善も存在の欠落ではない。何をしても間違っている可能性があるくらい、この世は生態学的に豊かなのである。

　みずからの偽善性を許せなくなってしまうと、人は他者の偽善性をも嘲笑《あざわら》うようになる。シニカルなスタンスに退避し、自己の安全を確保しようとする。

　ところが、シニカルな姿勢は、人の偽善性を「高いところ」から見下ろそうとしている点で、未だ「高さ」の信仰に囚《とら》われたままだ。モートンの言葉で言えばそれは、偽善的な偽善でしかない[20]。だが、どれほど偽善的でも、日々の生活のささやかな行動のなかで、自分でないものの存在を気遣うことは、そうしないよりもずっとマシだ。

　僕たちは何をしても偽善的になる。だがそれは、倫理を丸ごと手放す根拠にはならない。そもそも人が、自分でないものを気遣い、他者の喜びを願うのは、それが単に「正しい」からではない。他者を気遣い、幸福を願うのは、そうすることが、僕たち自身にとっても喜びだからではないのか。

植物でもいい。ミミズでもいい。子どもでも、隣人でも、家族でもいい。自分でないものがいきいきと生きることができるようにと願う。それは、植物に、ミミズに、子どもに喜びを与える行いである前に、自分自身に喜びをもたらす行為なのである。

人は、自分だけのためになる行動からは、喜びを得ることができない。それは人が弱い存在だからだ。人は、自分だけのために生きて、それで幸福になれるほど強くない。

赤ん坊にミルクを与える親。生徒を懸命に導く教師。野菜を夢中になって育てる農家。人は、自分でないものの存在を気遣っているときにこそ、本当に幸福なのではないか。人を出し抜く賢さや、高いところから見晴らす正しさからは、喜びを汲《く》み出すことができない。

自己の偽善性も、他者の偽善性も、まずは認めるところから始めたい。たとえ絶対的な正しさが手許《てもと》になくても、すべてを見晴らす視点がどこにもなくても、他者とじかに触れ合い、相互に気遣う営みを通して、僕たちはいまより少しでも、互いをゆるし合えるように、生まれ変わっていくことができる。

著書『Hyperobjects』が書かれた当時、モートンが意識していた主題は地球温暖化であった。そのため、ウイルスについて、この本で表立って論じられることはない。だが、本人も認めている通り、新型コロナウイルスは彼が語ろうとする「ハイパーオブジェクト」の典型的な具体例なのである。

ハイパーオブジェクトとは、「人間と比べて時間的にも空間的にも圧倒的に大きな広がりを持つもの」であると、モートンはこの本の冒頭で規定している[21]。だが、これは「定義」としてはあまりに漠然としている。彼は、確固たる定義をはじめに提示するのではなく、様々な具体例の考察を通して、少しずつ概念に魂を吹き込んでいく仕方で書き進めていくのである。

彼の環境哲学をめぐる著作全般に通じることだが、この本もまた、深刻な主題を扱っているにもかかわらず、読んでいて暗い気持ちにさせられることがない。地球温暖化という不気味な現実を直視しながら、それでもなお、どうすれば人は喜びを感じて生きていけるか。ただ「生きのびる（survive）」だけでなく、どうすれば人はもっと「いきいき（alive）」と生きることができるか。モートンは一貫して、この問いを追求しているのだ。

現実に打ちのめされるだけでなく、不気味な現実と付き合い続ける日々を、いままでの固着した思考パターンを解きほぐしていく好機ととらえる。そんな前向きさが、モートンの思考に通底している。

温暖化は実際、人間に、いままでとは違った仕方で物を考えるように仕向けてくるのだ。じわりじわりとあたたまっていく地球は、人間の意識に張り付いてくる。その不気味さは、どこか外へ追い払えるものではない。しつこく日常のすべての瞬間につきまとい、人間の思考の前提を揺さぶる。これこそ、モートンが語る「ハイパーオブジェクト」の重大な性質である。

著しい速度で変異を遂げながら、世界中に拡散していく新型コロナウイルスの全貌もまた、誰にも捉えきることができない。それは、時間的にも空間的にも、人間のスケールを完全にはみ出している。

にもかかわらず、ウイルスは、人間にべたりと張り付いてくる。いくらウイルスとの距離を保とうとしても、それは思わぬ経路で粘膜に付着し、細胞に侵入し、暴力的な速度で増殖していく。僕たちはそんな見えないウイルスに怯えながら、あらためて自分とは何か、人間とは何か、生きるとはどういうことかを、根底から問い直すことを迫られている。

人類は科学の力で、温室効果ガスの濃度を計測し、気温を記録し、ウイルスを追跡できるようになった。結果として人は、気候やウイルスなど目に見えないものたちのふるまいが、いかに人間に深く浸みこんでいるかをありありと認識できるようになった。

もはや、人間と人間以外をきれいに分けられると、素朴に信じられる時代ではないのだ。

僕たちは、僕たち自身の力では全貌を把握できないものたちに侵されている。人は、この不気味さと付き合いながら、新たな存在の喜びを探し始めるしかない。

四月一五日（水）

生ゴミを堆肥《たいひ》にするためのコンポストを導入。庭の側溝の掃除。

大量のミミズが出てくる。巨大なドバミミズをJが見つける。カブトムシの幼虫らしきものを見つけ、虫かごで育ててみることにする。

「雑草は、踏まれたら立ち上がらない。よく踏まれるところに生えている雑草を見ると、踏まれてもダメージが小さいように、みんな地面に横たわるようにして生えている。

「踏まれたら、立ち上がらない」というのが、本当の雑草魂なのだ」（稲垣栄洋《いながきひでひろ》『雑草はなぜそこに生えているのか』）

当初は裏庭の一角の土を育て、ミニトマトやカボチャなどを育てようと思っていたが、息子との「ぜーんぶようちえん」プロジェクトは、気づけばどんどん脱線していく。

息子がミミズに関心を持ち始めたので、僕は夜ごとダーウィンの『ミミズと土』を読む。

庭に生えてくる草花について語り合うために、雑草についての本を読み耽《ふけ》る。気づけば、ミニトマトやカボチャを育てるという当初の目標を忘れて、ミミズや雑草の観察ばかりしている。

Your kind never sees us whole. You miss the half of it, and more. There's always as much belowground as above.

That's the trouble with people, their root problem. Life runs alongside them, unseen. Right here, right next.[22]

あなたたちは決して私たちの全体を見ない。半分、いや、それ以上を見逃している。地上と同じくらい、地下があるのに。

それが、人間の問題。人間の根本的な問題。生命は、人間の横で、気づかれることのないまま、活動している。すぐここ、すぐ横で。

僕もずっと見逃してきたのだ。

八年もこの家にいて、これまでカラスノエンドウの蜜をアリが吸うのをまじまじと観察したことはなかった。「雑草」としかこれまで思っていなかった一つ一つの草花を見つめ、そのめまぐるしい日々の変化を楽しむようなこともなかった。
すべてはいつも起きていたことなのに、僕はそれを半分以上見逃していたのだ。

四月一八日（土）
東京で不定期で開催してきたゼミをオンラインで開催。六〇人近く集まり、とてもいい時間になった。周防大島《すおうおおしま》の友人から、息子を膝に乗せてゼミを聞いてくれていた画像が送られてきた。いまは同じ場をみんなで共有することはできないが、それぞれの場で、同じ時間、同じ言葉を分かち合うことはできる。
目前にある小さな希望。

春の光に照らされて風に揺れる桜の葉を見上げると、気持ちよさそうだな、嬉しそうだなと思う。少し前の僕なら、それは「擬人化」としか思わなかったかもしれない。だが、いまの僕には、風に揺れる葉が、本当に嬉しそうに見える。
喜びや嬉しさがわかるためには、意識が必要なはずだ。だから、意識のない桜に、喜びがわかるはずはない。桜が喜んでいると感じられるのは、あくまで人間がそう感じているからであって、桜の木そのものには喜びも何もない。

だが、本当にそうだろうか。

そもそも、たった数十万年の歴史しかないホモ・サピエンスだけが「喜び」を感じられると考える方が極端ではないか。意識を伴う喜びと、風に揺れているあの葉の軽やかな動きと、そこにどれほどの違いがあるというのか。

人間はもっとhumiliateされていい。あの葉と、あの草花たちと、あのミミズや微生物たちと同じ地平に降り立ち、生命が何十億年もかけて育んできた存在の喜びとはどういうものかを、もっと謙虚に、もっと真剣に、思い出してみてもいい。

> **real joy consists of knowing that human wisdom counts less than the shimmer of beeches in a breeze.（……）The only dependable things are humility and looking.**[23]
>
> **人間の知恵の価値など風にそよぐブナの木にも及ばないと知ることにこそ、本当の喜びはある。（……）頼りになるのは、謙虚さと観察だけ。**

「ぜーんぶようちえん」の園長として、僕にできることはわずかだ。予測不可能な未来を前に、僕が子どもたちに教えられることなどほとんどない。それでも、彼らと土を掘り、虫を追い、花に水をやりながら僕は、謙虚さと、観察に導かれた学びに、手応えを感じ始めている。

これからの時代をどう生きればいいか。僕にはもちろん、答えなんてない。だが、人間の知恵で思いつくことなど所詮、風に揺れる木の葉にも及ばない。

まずは自分でないものに耳を傾け、謙虚に、観察をしてみること。いままで見逃していた「半分以上」に、あらためて目を開いてみるのだ。

四月一九日（日）
甲野善紀《こうのよしのり》先生との「この日の学校」を瑞泉寺《ずいせんじ》からオンラインでライブ配信。参加者一〇〇人。ものすごい熱量。
四時間半に及ぶ配信で燃え尽き、帰宅後しばらく動けなくなる。
宮沢賢治《みやざわけんじ》『セロ弾きのゴーシュ』を読む。

会議も、授業も、セミナーも、すべてがオンラインに移行していく。オンライン上のやり取りには、飛沫とともに飛び交うウイルスはない。だがそこには、土の香りも、風のそよぎも、眩《まぶ》しい太陽も、手が触れ合う感触もない。僕が、僕でないものたちにいかに深く侵されているかに、はっとさせられるような経験がない。

学びとは、単に情報の伝達と吸収ではない。それは、未知なる他者に触れ、不可解なものと付き合う時間のなかで、自己を書き換えていく活動である。他者に侵される契機がなければ、本当の学びは起きない。

人と人との距離を保ちながら、どうすれば真に学びのある場を作っていけるか。簡単に答えは出そうにない。

子どもや大人が年齢の分け隔てなく集い、ともに楽しく、のびのびと学問ができるような場をつくりたいと昔から思っている。いまから三年前の春、その思いを実現すべく、自宅の近くに小さな町屋を借りた。

できれば広いスペースや手伝ってくれる仲間がいれば心強いとは思いつつも、条件が整ってからではいつまでも動けない。まずはどれほど小さな場所でも、できることからやってみようと思い立ち、予算の許す範囲で、なかなか素敵な物件を見つけたのだ。この町屋の一室で、小さな寺子屋を始めるつもりだった。僕はさっそくこの場所を「胡蝶庵《こちょうあん》」と名づけ、近くの子どもたちが自由に出入りできるような場所にしたいと期待に胸を膨らませた。だが、計画は思うようには進まなかった。

というのも、この町屋は人家がひしめく狭い路地の突き当たりにあって、隣近所とは連棟になっているのだ。両隣にはそれぞれ一人暮らしのおばあさんが暮らしていて、引越しの初日、その一人に「人を招いて大きな声を出すことはやめてな」と釘《くぎ》を刺されてしまった。町屋の防音はかなりしっかりしていて、両隣から音が聞こえてくることはほとんどなかったが、僕も、彼女の日常の平和を乱したくなかったので、子どもたちが頻繁に集う賑《にぎ》やかな寺子屋という構想は、さっそく挫折を迎えたのだった。

友人の息子が訪ねてくれて、一緒に数学の問題を解く会を開いたり、学生がきて勉強会や読書会を開くこともあったが、どうしても近所に遠慮してしまうので、活発な学びの場を実現したいという思いは、しばらくお預けということになった。いまよりも開かれた場所で、近所に遠慮することなく、子どもや大人が集い、思わぬ来客も歓迎できるような学びの場を、いつかは作りたいとその後も思い続けている。

セロ弾きのゴーシュの水車小屋には、いつも思わぬ客が訪れてくる。三毛猫が訪れ、かっこうが訪ね、狸《たぬき》や野ねずみが訪問してくる。ゴーシュはこれらの招かれざる客に、機嫌を損ねながらも、結局は付き合ってしまう。彼は、「優しい（kind な）」男なのである。

kind には「優しい」だけでなく「種」や「類」という意味もある。「humankind」と言えば「人類」という意味になる。モートンは著書『Humankind』で、この言葉の本質が「みたいな感じ（kinda-sorta）」というニュアンスにあると指摘している[24]。

自分ではないものみたいな感じになってしまえる力こそ、優しさである。人の悲しみを自分の悲しみとして、人の喜びを自分の喜びのように感じる。この意味でゴーシュは、間違いなく「優しい」人間である。

ゴーシュはセロが上手ではない。少なくとも、何度演奏しても「ぴたっと外の楽器と合わない」。だが、まわりと「ぴたっと合わない」ことは、必ずしも感覚の鈍さの帰結ではない。彼は、人間でないものとすら波長を合わせてしまえるほど敏感な感覚の持ち主なのである。だからこそ、人間だけの楽団のなかでは、波長がほかとずれてしまうのだろう。

三毛猫、かっこう、狸、野ねずみ……。ゴーシュはこうした生き物たちの訪問を、決して歓迎するわけではない。だが、無視もしなければ、排除もしない。彼は機嫌を損ねながらも、訪問者たちに付き合う。そして付き合っていくうちに、演奏が少しずつ変容していく。

個人的に一番好きなのは、かっこうとのやり取りである。水車小屋の天井の穴から「ぽろん」と降りてきたかっこうは、ゴーシュに「音楽を教わりたい」と乞う。ゴーシュは、「おまえの歌は、かっこう、かっこうというだけじゃあないか」と笑う。

だが、かっこうに言わせれば、それはとんでもない誤解だ。同じ「かっこう」でも、「かっこう」と一万云《い》えば、一万みんなちがう「かっこう」なのだという。

そんなかっこうが、「先生どうかドレミファを教えてください」とゴーシュに頼み込む。「うるさいなあ」と呆《あき》れながらゴーシュは、仕方なく少しだけ付き合ってみることにする。

かっこうは一生懸命である。はじめはすぐに追い返すつもりだったゴーシュも、ついかっこうの「ドレミファ」に付き合ってしまう。ゴーシュはまたすぐに帰そうとするが、かっこうはなかなか帰らずに粘る。「どうかたったもう一ぺん」というかっこうに、「ではこれっきりだよ」とゴーシュは答える。

そしていよいよここからのやり取りである。

「いやになっちまうなあ。」ゴーシュはにが笑いしながら弾きはじめました。するとかっこうはまたまるで本気になって「かっこうかっこうかっこう」とからだをまげてじつに一生けん命叫びました。ゴーシュははじめはむしゃくしゃしていましたがいつまでもつづけて弾いているうちにふっと何だかこれは鳥の方がほんとうのドレミファにはまっているかなという気がしてきました。どうも弾けば弾くほどかっこうの方がいいような気がするのでした。

「えいこんなばかなことしていたらおれは鳥になってしまうんじゃないか。」とゴーシュはいきなりぴたりとセロをやめました。

「えいこんなばかなことしていたらおれは鳥になってしまうんじゃないか」――拒絶するのでも、安易に一体化するのでもなく、他者の存在を感じながら、それと調子を合わせていくこと。惹《ひ》かれながらも、完全に一つにはなってしまわないこと。ゴーシュの動物たちへのこの姿勢こそ、モートンの言う「attunement」である。

四月二二日（水）
Jがペダルで自転車に乗れるように！
さっそく自転車で、幼稚園の近くまで走る。

Jは最近、何気ない会話のなかで、ふと幼稚園のことを懐かしむようになった。きれいな花を見つけたとき、「先生のおうちに行ってみるのはどうかな？」と聞く。形のいい石を見つけては「これ幼稚園に持って行く！」と言う。幼稚園にまた早く行きたいという意思を、さりげなく、少し遠慮がちに伝えてくるのだ。

「おうちも、おにわも、ぜーんぶようちえんにするのはどうかな!?」と彼が問いかけたとき、「おうちも」幼稚園にすると言っていたのであって、「おうちを」幼稚園にすると言ったのではなかったと、いまさらながら気づく。彼だって、幼稚園の先生や友達と、早くまた遊びたいに決まっているのだ。

彼は、なぜ自分がいま幼稚園に行けないのかを、もちろん完全には理解していない。それでも、いつもと違う何かが進行しているという気配に、気づいていないはずはない。

目に見えないウイルスが、人間を宿主として増殖している。医療現場は逼迫《ひっぱく》し、崩壊の危機に直面している。経済は停滞し、生活の深刻な不安を抱えながら僕たちは、何とか生き延びようとしている。「ウイルスとの戦い」という常套句《じょうとうく》が世界中で蔓延《はびこ》り、ウイルスを敵に見立てて人類の団結を呼びかける皮相な言葉が飛び交っている。

だがこのウイルスがそもそも、動物からヒトへと宿主を変えざるを得ない状況を生み出してきたのは、人間自身なのである。(25) 人口爆発、過剰な都市化、グローバル化。野生動物の生活できる場所を奪い、人間の生存領域ばかりを広げてきた人間のふるまいの必然的な帰結として、ウイルスは、長年すみ慣れた野生動物のからだを離れ、人間の細胞に侵入することを余儀なくされている。

ウイルスは、単なる敵でも悪魔でもない。僕たちは、ウイルスという鏡を通して、これまで「世界」と信じてきた場所の不気味な変容を体験している。新興のウイルスの感染拡大は、生態系全体を巻き込んだ大きな変化の、一つの具体的な顕《あらわ》れにすぎないのだ。

大気中の二酸化炭素濃度は、少なくとも過去八〇万年で最も高い濃度に達している。地球の気温は危険な速度で上昇している。世界各地で洪水、熱波、山火事など、異常気象に伴う自然災害が多発している。生物多様性が急速に失われている。地球上にいる動植物のうち、約一〇〇万種が、数十年以内に絶滅する可能性があると言われている。(26)

息子は自転車で走りながら今日、「なーんにもない街があったらいいのにね！」と叫んだ。「なんで？」と僕が聞くと、「そしたらどんな道でもびゅーん！　って怖がらないで走れるのに」と笑った。

僕たちは、僕たち自身の活動が生み出した影に怯えながら生活している。子どもたちは思い切り外で遊ぶことができず、車が通ることを怖がりながら遊ぶことしかできない。

エアコンのスイッチを入れるたび、僕はまたやってくるはずの強大な台風のことを考えてしまう。子どもに与える前に、念入りに果物についた農薬を洗い、ペットボトルで水を飲みながら、自分よりも長く分解されずに生き延びていくこの容器が、やがて汚染するかもしれない海と生き物たちのことを想像している。

自分自身の活動の帰結に、怯え続ける必要など「なーんにもない街」。そんな街、そんな場所は、残念ながらもうどこにもないのかもしれない。僕たちは、自分たちが作り出したこの現実の不気味さと、これからも付き合い続けていくしかない。

それでも、僕たちは、自分の、そして自分でないものたちの存在をもっと素直にappreciateしながら、単に現実を「耐え忍ぶ」のではなく、いきいきと生きていくための新しい道を探し続けていくことができるはずだ。

「正しい」答えなんてないかもしれない。だが、考え続けることをやめてはいけない。人間の知恵だけを過信してもいけない。自分でないものに、耳を傾けてみること。すぐここ、すぐ横にあって、いままで見逃してきた半分以上に、目を開いてみること。

僕はいま、立ち止まっているのだ。

それでも、まだなお、子は、草花は、ミミズやダンゴムシや、微生物やウイルスや、僕たちを支える僕たちでないものすべては、いまも生きるために生きるその静かな営みを、少しも止めようとはしていない。

夏

Unheimlich

若さというのは有限ですから、本当に重要だと思うことをやらなければいけない。人が全力で取り組むことに未熟なことなどありません。

——船橋真俊

七月四日（土）

昨夜からの大雨で、南九州に大きな被害が出た。球磨川《くまがわ》の氾濫で、熊本県人吉《ひとよし》市も広範囲にわたって浸水したとの報道。五年前に人吉高校で講演をしたとき、熱心な高校生たちが何人も終了後に残ってくれて、数学のことを楽しく語り合ったことを思い出す。招いてくださった先生方もエネルギーに満ちていて、その日のことは鮮明に記憶している。W先生に安否確認のメールを送る。

どうかみなさん無事でありますように。

七月三日から四日にかけて、南九州で発生した「線状降水帯」と呼ばれる積乱雲の列が長時間にわたって停滞し、二四時間降水量が四〇〇ミリを超える記録的な豪雨をもたらした。その後も梅雨前線が本州付近に長く停滞したため、広い範囲で大雨が続いた。日本各地を襲ったこの集中豪雨を、気象庁は「令和二年七月豪雨」と名づけた。

「平成二九年七月九州北部豪雨」、西日本を中心に二〇〇人を超える犠牲者が出た「平成三〇年七月豪雨」……日本で大雨が降る頻度は、明らかに増加している。

気象庁のサイトで調べてみると、一時間降水量八〇ミリ以上の大雨は、最近一〇年間（二〇一〇～二〇一九年）の年平均発生回数が約二四回、統計期間の最初の一〇年間（一九七六～一九八五年）では約一四回となっているから、この約四〇年でおよそ一・七倍に増加している計算になる。[1]

大気中に含まれ得る水蒸気量は、気温が高くなればなるほど多くなる。理論的には、一度気温が高くなると、飽和水蒸気量は約七パーセント増加するという。[2]したがって、気温が上昇すれば海上の水蒸気量は増え、積乱雲が発生しやすい状況が生まれる。大雨の頻度が増大している背景に地球温暖化があることは間違いないだろう。

だが、これはあくまで一般論であって、特定の豪雨や台風などの異常気象について、それがどこまで地球温暖化に起因するかを厳密に特定することは難しい。そもそも豪雨や台風などの「天気（weather）」と、地球温暖化という「気候（climate）」レベルの現象とでは、考察の対象となる時空間スケールがかけ離れているため、直接の因果関係を論じることは原理的に難しいのだ(3)。

ところが最近、「イベント・アトリビューション」と呼ばれる手法が急速に発展してきていて、状況は変わりつつある。これは、スーパーコンピュータを使って「温暖化していない地球(4)」と「温暖化した地球」をそれぞれ何度もシミュレートし、豪雨や台風、猛暑などの特定の事象が、人為的な地球温暖化によってどれくらい発生しやすくなったかを定量化する手法だ。

二〇一九年には、二〇一八年七月に日本で一〇〇〇人を超える熱中症による死亡者を出した記録的な猛暑について、地球温暖化の影響がなかったと仮定した場合、こうした猛暑の発生確率がほぼ〇パーセントであるとの結果を報告する画期的な論文が発表された(5)。この年の猛暑は単なる「自然災害」ではなく、人為的な気候変動がなければほぼ確実にあり得なかったという意味で、人間活動によって引き起こされた災害だったということが科学的な根拠とともに示されたのだ。

こうして、未来を予測するためだけでなく、豪雨や猛暑などの「原因」を特定するためにもまた、スーパーコンピュータを使った膨大な計算が実行されるようになってきている。日常的なスケールの因果関係は、目で見て明らかなことが多いが、天気と気候の関係のように、巨大なスケールの出来事の因果関係を知るには、大規模な計算が避けられないのだ。因果関係すら計算しなければならない。そういう時代を僕たちは生きているのである。

七月五日（日）

人吉高校のW先生から返信をいただく。被害は甚大。A先生のご自宅が流されたと知り胸が痛む。これ以上被害が拡大しないことを願う。いつかまた高校を訪ね、先生や子どもたちと語り合いたい。

七月八日（水）

京都は朝四時頃一一二ミリの大雨。

土砂災害の心配もあり、Jは念のため幼稚園をお休み。

予定していた「周防大島ゼミ・ラジオ」の収録は延期。周防大島でも、橋に至る道が土砂災害で塞がっているとのこと。

夕方に自宅付近でも局地的大雨。胡蝶庵で雨が過ぎ去るのを待つ。

午後八時前に帰宅。

七月は局地的大雨が頻発して、外出のときは、晴れていても油断できない状況が続いた。そのため、スマホで直近の雨雲の動きを確認し、雨に降られそうにないタイミングで移動するというのが習慣になった。
何しろ三〇分後、あるいは一時間後の雨雲の様子が、高い精度で手軽に確認できてしまう。計算機の力を借りて、まるで未来を先取りしているような気持ちになる。予報では雨なのに、現実は晴れていたりすると、一瞬、現実の方が間違っているんじゃないかという奇妙な感覚になる。シミュレーションと現実の境界が曖昧になる。

七月九日（木）
今日も雨。
Jを幼稚園に送り、そのまま胡蝶庵へ。
東京で新規感染者数が二二〇人を超える。

一度は終息に向かっているように見えた新型コロナウイルスの流行が再燃し、東京を中心に感染者が増え続けている。現代の天気予報を可能にしているのは、絶えざる気象データのモニタリングと計算機によるシミュレーションだが、感染症対策においても、モニタリングとシミュレーションが重大な役割を果たすようになってきている。

現代の伝染病の数理モデルの基礎が築かれたのはおよそ一〇〇年前のことだが、数理モデルによるシミュレーションの結果が、今回ほど現実の政策決定に大きな影響を与えた前例はないという。中世にも疫病の流行に伴う都市のロックダウンなどの対策がとられることはあったが、それは感染が実際に著しく拡大したあとのことであって、今回のように、計算によって予測された危機を未然に防ぐためではなかった。

PCR検査によるリアルタイムのモニタリングと、数理モデルに基づくシミュレーションによって、災害に「未来が組み込まれている」ことが、今回のパンデミックの大きな特徴だと指摘しているのは、京都大学の瀬戸口《せとぐち》明久《あきひさ》だ。瀬戸口は二〇二〇年の夏にオンラインで公開された講義「『災害』の環境史：科学技術社会とコロナ禍」のなかで、「新しくてまだ不確実な技術」である数理モデルに基づく大規模な政策決定は、「新しい巨大な社会実験」だと指摘している(6)。

僕たちはもはや、ただ「現在」のなかだけに引きこもることはできなくなっている。計算によって未来を予測し、過去を解釈しながら、僕たちが生きる時間は、過去と未来へ大きくはみ出している。

七月一〇日（金）
次男が、体調不良のためか、夜通し泣いていた。家族四人とも寝不足のため、長男も無理せず幼稚園を休むことに。

古気候学の近年の研究によれば、過去一〇万年のあいだ、地球の気温は激しく上下していたという。ところが、直近およそ一万二〇〇〇年は例外的に、温暖で安定した気候が続いてきた。地質時代の区分でこの時期は「完新世《かんしんせい》」と呼ばれている。人類が農耕を始めたのも、都市を建設したのも、文明と呼び得るものが形作られてきたのはすべて、この「完新世」に入ってからだった。完新世の安定した気候が、人類の文明の成立と発展を支えてきたのである。

ところが地球の気候はいま、この一時的な安定から大きく外れようとしている。ＩＰＣＣの第五次評価報告書によれば、このままでは今世紀末までに四度以上、地上の平均気温が上昇する可能性があるという。これは、人類がいままで経験したことのない急激な気候変動である。八〇億もの人間の活動に、地球システム全体が応答している。その応答の複雑な相互作用の帰結は、誰にも正確に見通すことはできない。

七月一六日（木）

五月一九日に「もりたのーえん」に苗を定植したトマトの実が、ついに赤みがかってきた。苗を定植したとき、長男は「こんなの最高じゃなーい!?」と大喜びした。あのときはまだ小さかった苗の背丈は、すでに僕の身長に迫ろうとしている。

明日から三日間、犬島《いぬじま》と直島《なおしま》へ行く。三月以来、四ヶ月ぶりの出張である。直島では船橋《ふなばし》真俊《まさとし》さんと対談をする予定だ。対談の準備のために、船橋さんが提唱する「協生農法」についての資料を集めて予習している。

環境破壊／その最たる原因は／農業である。

船橋さんが提唱する「協生農法」を紹介するショートムービーは、このようなショッキングな言葉とともに展開していく。(7)

農業は実際、環境負荷の極めて大きな営みなのだ。その三大要因は、耕起（耕すこと）、施肥（肥料を与えること）、そして農薬（の散布）である。耕すことで土壌は劣化し、土中に蓄えられていた炭素は空中に放出されて地球温暖化を加速させていく。産業革命から二〇世紀の終わりまでに大気に加えられた炭素の四分の一から三分の一は、土を耕すことによって生み出されたものだという。(8) 土壌が吸収しきれない肥料は地下水を汚染し、やがて海へ流れ、海洋生態系を攪乱《かくらん》していく。人間が食べたいものだけを選別し、農薬等によって不要に見える他の生き物を排除していく従来の農業の発想のもとでは、食糧生産をすればするほど、環境負荷は増し、生物多様性が減少していくのだ。

かつて人類は、植物だけでも三万種類以上を食べて暮らしていたという。国連食糧農業機関によれば、いまや現代人の食べ物の七五パーセントが、わずか一二種類の穀物と、五種類の家畜に依存している。食の多様性の喪失は、そのまま生物多様性の消失に帰結する。

長男の幼稚園が四月に休園になったとき、裏庭を「開墾」し、トマトとバジルを育てる小さな菜園（長男がこれを「もりたのーえん」と名づけた）をはじめたのだった。このとき、雑草を抜き、土を耕し、トマトとバジルだけのために他の生き物を排除していく過程の暴力性に、どこかうしろめたさを感じつつも、長男がトマトと一緒にカボチャやみかんの種も植えたいと言ったときには、僕はネットで調べたマニュアルにしたがい、苗の間隔を確保するためには、他の種は同じ場所には植えられないのだと、彼に伝えたのだった。いま思えば、菜園を作る過程は、庭から生物多様性を奪っていく過程でもあった。逆に、庭の生物種を増やそうとする息子の提案を、僕は無下に却下していたのである。

食糧生産と生物多様性は、既存の農法ではトレードオフの関係にある。だが、舩橋さんは、農業をやればやるほど生物多様性が増えていくような、まったく別の食糧生産へのアプローチがあり得るのではないかと知恵を絞った。単一種の生育条件を最適化するために、生物多様性を犠牲にするのではなく、食糧生産のために生物多様性を積極的に増進させていくような農業も可能なのではないかと考えたのだ。

具体的には、多様な野菜や果樹、ハーブ、山菜などの植物を混生、密生させ（典型的な生産面では四平米に一四種類程度）、耕したり、肥料を与えたり、農薬を使ったりすることなく、植物の特性を活《い》かして生態系を構築していく。こうして、「食糧生産するための生態系自体を作り上げてしまう[9]」というのが、「協生農法（synecoculture）」のアイディアである。

これは単なる机上の空論ではない。舩橋さんは実際、二〇一五年にアフリカのサハラ砂漠の南に位置するブルキナファソにみずから出かけ、現地の人たちとともに、砂漠化した土地の植生を協生農法によって一年でよみがえらせている。まるで日本の校庭のようにカチカチで雑草も生えない五〇〇平米の土地に一五〇種類ほどの種苗を植え、一年後にはブルキナファソの平均国民所得の二〇倍に相当する収穫が得られたという。これがきっかけとなり、ブルキナファソの新憲法では、国民に持続可能な農業を保障する条項が入れられようとしているそうだ[10]。

世界人口の増加はこれからもしばらく続いていくはずである。すべての人が食べていくための食糧生産は、いまのままのやり方では持続しないことが明らかだ。とすれば、人間の活動が、地球生命圏にとって害ではなく、むしろ益をもたらすように、行動の常識を食糧生産のレベルから組み立て直していくしかない。現実を直視し、しかしそこから前向きな提案を紡ぎ出していく舩橋さんの姿勢に、僕は大きく目を開かれる思いがした。

七月一七日（金）

舩橋さんの協生農法の試みが素晴らしい。お会いするのが楽しみだ。直島へ！

僕が直島に向かったのは、宇沢《うざわ》国際学館の主催で、経済学者・宇沢弘文《ひろふみ》の「社会的共通資本」の思想を、瀬戸内の島々を舞台に掘り下げていく企画があり、これに声をかけてもらったからであった。福武《ふくたけ》財団のスタッフのご案内で、初日には犬島、二日目には直島を歩き、三日目のオンラインシンポジウムで舩橋さんと対談をする予定になっていた。

今回の企画まで恥ずかしながら舩橋さんの活動について僕はほとんど無知であった。直前に予習のために協生農法の資料を集め、最初に目を通したのが「協生農法実践マニュアル（二〇一六年度版）」だった。[11] ちょうど自分でも菜園をはじめたばかりということもあって、夢中になってこれを読んだ。

たとえば「草管理」という節には、次のように書かれている。

各野菜と草の特性を知り、草の特性に応じた管理を行う（「草を以て草を制する」）。基本は野菜が負けない限り一年草は排除せず、群落となって占拠する多年草や大きくなりすぎる一年草のみ排除する。（……）多年草は根から抜いた方が良いが、大きければ地上部だけ刈る事をくり返せば地下部も縮小していき、土壌構造形成にも寄与する。（……）一年草は冬に枯れる事で土壌の練炭構造を作ってくれる。多年草は枯れずに土を堅く締めてしまうが、土壌環境や地上生態系を豊かにする効果もある。

雑草を一様に不都合なものとして排除するのではなく、生態系という開かれたシステムにおいて、それぞれの草が果たす役割に注意を向け、これを尊重しながら、草の働きを生かしていくように管理していく。この一節を読むだけでも、庭を見る視点が変わる。

害虫についての項にはこうある。

害虫の過度な発生は、土壌に残留している堆肥などの余剰物が原因と推測され、自然循環の促進により浄化された土壌では経験的に少なくなる。

協生農法の実践過程で単一昆虫種が大量発生した場合、土壌が浄化を必要としている段階である可能性があり、駆除はせず余剰物が排出されるのを促進する。

生物多様性が危機的な速度で減少するなか、急速に地球上で数を増やし続ける人類は、限られた領域に異常発生する「害虫」に似ている。害虫をただ不都合なものとして排除するのではなく、害虫にもまた生態系における固有の役割があると指摘されると、増えすぎた人間にもまた、何か役割があるのかもしれないと、少し前向きな気持ちになる。

協生農法の背景にあるのは、「生理最適」と「生態最適」という二つの概念の区別だ。生理最適とは、ある特定の種が、単体で成長率が最もよくなる環境条件のことで、慣行農法が目指すのも基本的にはこれだ。一種類の作物の生理学的な成長を優先するため、有害、もしくは不必要な他種は栽培の過程で排除され、肥料や農薬など必要な資源は、外部から投入していくことになる。

他方、生態最適とは、「与えられた自然環境条件の中で、ある種が他の種との競合・共生において生育する環境条件の範囲」を指す。[12] 協生農法では、生理最適ではなく、生態最適の範囲のなかで生態系の機能を最大限引き出していくことを目指す。このため、人間が外部から肥料や農薬などを持ち込むことはしない。

「個体」に閉じたレベルで野菜の成長を最適化しようとするのではなく、開かれた生態系の機能を引き出していこうとすれば、究極的には細胞レベルから地球生命圏レベルに至るまで、生命が織りなすあらゆる階層を貫く総合的な視野が必要になる。これは、人間の直感だけに依存していては限界があるため、生態系のデータの管理や有用な情報の検索などの場面で、現代の情報技術による支援を活用することになる。ありのままの自然や、伝統的な農法への回帰というより、自然よりも豊かな自然を人間の介入によって実現するために、伝統的な農業の英知から最新の科学技術まで、使えるものをすべて動員していくという発想である。

個体と環境を切り離し、個体レベルでの最適化を追求してきた近代的な思考の枠組みが、機能不全をきたしているのは農業の分野だけではない。自分と自分以外とを清潔に切り離せるとしてきた発想の行き詰まりを乗り越えていく道を示唆する協生農法は、農業を超えた広い文脈にもまた、大きなヒントを与える思想を内包している。

特に僕は、協生農法の理念と、教育の相性がとてもいいのではないかと考えている。農業の革命は、教育の革命に通じる。その可能性を自分なりにもう少し探索してみたいと思っている。

舩橋さんが協生農法について論じたエッセイに、次のような一文がある。

環境からのフィードバックで多様化していく機構を内在している植物を、均一な形質に押し込めたまま制御することは無理があり、植物の適応的な応答と、従来の農業生産は矛盾している。結果として、大規模化するほど環境変動に対する脆弱性が増す(13)**。**

この文の「植物」を「人間」に、「農業生産」を「教育」に置き換えてみると、そのまま現代の教育への警鐘のようにも読める。

本来、多様な環境の変化に応答できる能力を持つ人間を、画一的な環境とカリキュラムで縛り、結果として環境変動に対して脆弱な人間を育てることに、いまの教育はなっていないだろうか。生理最適化ばかりを追求するあまり、地球生命圏との循環的な相互関係が断たれ、このことが食糧生産の危機を招いているとすれば、人間の学びを人間以外との相互依存性から切り離してしまっていることが、現代の教育の危機を招いてはいないか。

船橋さんの提唱する食糧生産の革命をヒントに僕は、学びと教育の未来について考え始めた。何より、人がかかわることで、人がいないよりも豊かな生態系を構築できるというヴィジョンは、子どもたちにとって大きな希望となるはずである。

いまの子どもたちは、生まれたときから、人間活動によって刻々と壊されていく環境を目の当たりにしている。人間活動の加速によって、地球生命圏が危機的なレベルで傷めつけられていることは、彼らにとってはこれからますます常識になる。凶暴化する気候、頻発する新興感染症、失われていく生物多様性を目の当たりにしながら彼らは、どうすれば人間であることに誇りを持って生きていけるのだろうか。できれば人間なんていない方がいい。自分が人間であることがうしろめたい。そうとしか思えなくなってしまったら、自分が生きることを肯定するのは難しいだろう。

だが、人間がいることによって、人間がいなければ考えられないような、豊かな生態系を構築できる。人間は環境から奪うだけの存在ではなく、生態系の拡張に貢献する生き物になれる。これを示す実例をいくつも作っていくことができれば、未来の子どもたちも心の底から「わたしは生きていてもいい」と思えるのではないか。人間しかいない教室に閉ざされ、人間にしか通用しない成績を競い合うのではなく、自分の存在が何に依存しているかを精緻に描写していき、自分が大きな生命の流れの一部だと深く自覚できれば、この世界が生きる甲斐《かい》のある場所であり、しかも、自分はここにいてもいいのだと、子どもたちも納得できるのではないか。この納得があってこそ人は、いきいきと生きることができるのではないか。

すべての人が自分がここにいてもいいと思える世界を実現し、次世代にこれを受け渡していくこと。このためには、ラディカルな思考と行動の変容が必要になる。

七月一八日（土）
初対面の船橋さんと直島のパオで相部屋に。緊張して明け方まで目が冴《さ》えてほとんど眠れず。

直島で宿泊する予定のパオに到着すると、船橋さんはさっそく水着に着替え、フィンとゴーグルを持って、海のなかへ飛び込んでいった。僕はまだ荷物をベッドの上に置き、ホッとひと息つこうとしているところだった。慌てて荷物を整理したあと、僕も追いかけるように浜辺に出たが、そのときにはもう彼はいない。水着を持ってこなかった僕は、靴下を脱いでズボンをめくり、波打ち際を歩きながら瀬戸内の海の風を全身に受けた。

船橋さんに指摘されて初めて気づいたことだが、この日の海の水は意外と濁っていた（透明度は一メートル程度）。おそらく長く続いた豪雨のせいもあって、本州沿岸から土砂や農地の排水が流出していることが影響しているのではないかとのことだった。法規制が厳しい工業排水よりも、いまは農業排水による海洋汚染が深刻な場合も少なくないという。地上で野菜を作る地道な営みが、静かに海を汚染しているのだ。思わぬところで、様々なスケールで、生命活動が相互に接触している。

宇宙の片隅にいながら、神のように、超越的な立場から世界を俯瞰できる特異な「人間

(human)」という立場を、近代の哲学者たちは懸命に構築しようとしてきた。だが、自然から切り離された清潔な人間という自己像は、いまや明らかに有効性を失っている。皮肉なことに、まさに近代の賜物《たまもの》である科学的な思考の帰結として、僕たちは自分たちのなかに、いかに自分でないものが混ざり込んでいるかを日々新たに発見し続けているからだ。

自分と自分でないものの相互依存性を緻密に把握していくためには、身軽に海に飛び込み、果敢に多様なフィールドに分け入っていく逞《たくま》しい身体性が必要になる。同時に、繊細な科学的思考と最先端の技術を使いこなし、人間でないものの方にまで認識を大胆に拡張していくような、強靭《きょうじん》な知性も求められる。

船橋さんはエッセイ「メタ・メタボリズム宣言」(『人は明日どう生きるのか』ＮＴＴ出版所収)のなかで次のように記している。

厳しくも豊かな自然と共存するには、危機の中にも安息を見出し、生身の身体から近代兵器に至るまで、文明の歴史を総覧し使いこなす武の達人のような精神が必要なのである。

三〇分ほどすると、海からぬっと船橋さんが出てきた。その様子はどこか、本当に「武の達人」への道を淡々と歩む、若き修行者のように見えた。

七月一九日（日）

昨日は福武財団のスタッフのご案内で直島をめぐる。環境と建築、作家の境界が溶け合う作品の数々にしばし没入する。エコロジカルな自覚を呼び覚ます装置としての、アートの力をあらためて感じる。

夕方、船橋さんとの会話のなかで、現代の「不気味さ」について語る。これに応えて船橋さんが、サルトルの『嘔吐《おうと》』に言及した。本来隠されていたはずの「存在」そのものが露出する不気味さ。これをサルトルは酔い、目眩《めまい》、吐き気の感覚として描いた。

二月以来断酒していたが、この晩、久しぶりにお酒を飲み「酔い」を味わう。これまで常識とされてきた物の見方が崩れていくなか、不気味さに蓋をするのではなく、不気味さを直視していくこと。目眩と酔いの先にこそ、まだ見ぬ新たな風景が開ける。

透き通った海が化学肥料で汚され、粘膜に付着したウイルスが細胞に侵入してくる。豪雨による洪水が人家をのみ込み、極地の氷床が溶解していく。人間だけが退避できる安全圏はない。僕たちはみな、思わぬものの侵入にさらされ続けている。何とも不気味な時代だ。

「不気味」という概念について、一〇〇年前にフロイトが面白い論考を発表している。「不気味なもの」と題したこの論考で彼は、「不気味」を意味するドイツ語の「unheimlich」が持つ繊細なニュアンスを解き明かそうとする。

「unheimlich」は、見ての通り、「heimlich」の否定である。「heimlich」は、「家の一員である、親しい、打ち解けてくつろいだ」という第一義を持つドイツ語なので、「unheimlich」は、「親しくない、打ち解けていない」ことを意味する言葉かといえば、必ずしもそうではないと、フロイトは論じる。不気味さは、単純な親しくなさには換言できないというのだ。

そこでフロイトは、「heimlich」の第二の意味に注意を向ける。それは、「秘匿された、秘密にされた」という意味である。家らしい「親しみ」の情が極端になると、自分だけの「秘密」になる。この第二の意味に着目するフロイトは、「不気味なものとは、慣れ親しんだ―内密なものが抑圧をこうむったのちに回帰したものである」という独自の解釈に至る[14]。

不気味さとは、親しくないものが侵入してくる怖さではないというのだ。むしろ、親しく、内密なものが、抑圧されたのちに回帰したとき、人はこれを「不気味」と感じるのではないか、と。フロイトの指摘は、いま僕たちが直面している不気味さについて、重要な示唆を与えてくれる。

ウイルスに侵され、異常気象に襲われながらいま、僕たちは単に居心地のいい「家」への不都合な他者の侵入を経験しているのではない。むしろ、自分たちをこれまで住まわせてきた「家（＝地球、生命圏）」の、抑圧され、秘匿されてきた真実に直面しているのではないか。

人間が、いかに人間以外のものに深く依存しているかを、近代という時代は巧みに秘匿してきた。ところが、人間活動の急激な加速に、地球生命圏全体が応答し始めたとき、秘匿されてきた真実は再び、抑圧を解かれ、暴かれようとしている。秘匿されてきた「家の真実」の回帰。これは、フロイトの言う意味で真に「不気味」な経験である。

「不気味」こそ、現代を象徴する言葉ではないか。このように僕が対談で切り出したとき、船橋さんはこれを聞いて、サルトルの『嘔吐（La Nausée）』を思い出したと語った。船橋さんは幼少時代をパリで過ごし、エコール・ポリテクニークで物理学の博士号を取得している。ドイツ語よりも、とっさにフランス語が出てきたのだろう。これまで隠されていた「存在」そのものが露出し、これにじかに触れてしまったときの目眩、酔い、吐き気の感覚。これをサルトルは「La Nausée」と呼んだ。

かつて、人間活動とは独立の地盤を持つ自然環境を所与として、そのなかで人間活動の「成長」を目標とできた時代があった。ところがいまや、人間活動を支える環境は決して所与でないことが明らかになってきている。むしろ、人間が住み続けられる家を営んでいくことは、困難で最も緊急性のある課題として浮上してきているのだ。

あらためて自分たちが住む「家」を営んでいくための「思想」をここから紡いでいかなければならない。不気味さが、フロイトの語るように「抑圧されていた家の回帰」だとするなら、不気味さに蓋をするのではなく、不気味さを直視しながら、新しい時代の「家《オイコス》の思想《ロゴス》＝エコロジー」を、僕たちは育んでいかなければならない。既存の枠組みが崩れていく酔いと目眩の経験の先に、新たな自己像を描き出していくのだ。

七月二〇日（月）

昨夜、直島から戻ると、真っ赤に実ったトマトが、すべて何者かに食われていた。食べられた形跡からすると、猿かもしれない。

今朝、一粒だけ赤く実ったトマトが残っているのを息子が発見して収穫。ミニサイズのトマトを四つに分けて、家族みんなで食べた。四月の土作りからここに至るまでの一つ一つの思い出をかみしめながら、みんなで「うまーい!!」と叫んだ。本当に美味しい。

正午から、今月スタートした「学びの未来ラジオ」第三回を配信。

若さというのは有限ですから、本当に重要だと思うことをやらなければいけない。人が全力で取り組むことに未熟なことなどありません。どんなに不完全に見えても、次の世代が望

むなら、私はそれを光にして進もうと思います。[15]（船橋真俊「テクノロジーは人の苦しみを**取り除く手段。幸福論を持ち込むべきではない」**『好奇心が未来をつくる』）

五月にはたった数センチの高さだったトマトの苗が、気づけば僕の背丈を超えている。これまでずっと青いままだった実も、一気に真っ赤に熟してきた。最初は数粒だった収穫が、次の日には一〇粒、翌日は二〇粒と、やがて家族では食べきれないくらい実る。時季が到来してからのトマトの生長には、圧倒されるばかりだ。

だがこのトマトもやがては生長の勢いが衰え、枯れ、大地へと還っていくだろう。どんな生き物にとっても、「若さは有限」なのである。

若さというのは有限ですから、本当に重要だと思うことをやらなければいけない。

目の前で育つトマトの勢いを前にしていると、この言葉も説得力が増す。必要な知識や技術を準備してからと、みすみす行動のチャンスを逃してはいけない。「全力で取り組むことに未熟なことなどない」。とにかく、まずは最初の一歩を踏み出してみること。夏のトマトのように、溢れ出す情熱もまた、あくまで有限なのだ。

僕は直島から京都に戻るとすぐに、京都の知人を中心に周囲に連絡をして、協生農法の思想をベースに、新たな学びの場を立ち上げていくべく、拠点となる場所を探し始めた。

一方で、高知県土佐町《とさちょう》で独自の教育プログラムを開発・実践している瀬戸昌宣《せとまさのり》さんと「学びの未来」と題したプロジェクトを五月から立ち上げていて、この活動のピッチもあげていくことにした。「学びの未来」プロジェクトは、京都に本拠地を置く出版社・ミシマ社の主催で動き出したもので、月に一回の「学びの未来座談会」と、週に一度の「学びの未来ラジオ」の配信を通して、教育と学びのあり方について、具体的な提言を構築していくと同時に、学びの未来についての思考と実践を分かち合う共同体を作り上げていく試みである。

ここでまとめている提言の柱の一つは、これまで「人間主導」で進められてきた教育を「環境主導」に切り替えていくことだ。このためにまず、「教室」で「人間」の話を聴くという特殊な設定から、学びの場を解放していく必要がある。

そもそも学校という場は、異様なほど多様性の低い空間である。教室や校舎のなかには人間以外の生物種がほとんどいない。生態系との繋《つな》がりを絶たれた上で、外部から肥料や農薬を与えられる野菜のように、子どもたちは、外部環境との交流をほぼ絶たれた空間で、あらかじめ決められた手順で知識を注入される。

教室での学びは、社会や経済からも切り離されている。このため、学ぶことが生きることと連続している実感を得にくい。教室での学びと現実の間に、わずかに接点があるとすれば、それはいつか進学する大学への入試や、就職するかもしれない企業への入社など、遠い将来の「出口」に集中している。

　だが、学びはもっと、人生に直接かかわる営みであっていいはずである。よりよく生きるために学ぶ。これこそが、学びの原点ではないのか。

　瀬戸さんが、人口約四〇〇〇人の土佐町という高知県の山間地で、学校外での多様な学びを支える教育プログラムとして今年立ち上げた「i.Dare（イデア）」では、子どもたちがみな、毎日自分たちの昼食を作る。今年の三月に見学に出かけたときには、調理場で小学一年生から五年生までの子どもたちが、大人の手を借りることなく、包丁で野菜を切り、肉を炒《いた》め、自分たちで書いたレシピを見ながら、真剣な表情で料理をしていた。学ぶことが生きることと直結しているとき、人はこんなにも真剣な眼差《まなざ》しになるのかと、僕はあらためてハッとさせられた。彼らの姿に強く励まされて、僕自身もまた、積極的に家で料理をするようになった。

　イデアでは、自分たちで作った料理を地域でふるまい、返礼にもらった寄付金を使って、遠足に出かけたという。自分たちでお金を稼ぐことは、人間が営む社会・経済の流れに参加することだ。自分たちで手に入れたお金で遠足の計画を組んだ子どもたちは、驚くべき意思決定の速さで、みんなで楽しむための行程を考えたという。

もちろん、あえて社会や自然の混沌《こんとん》や不確実さから距離を置き、守られた空間で静かに机に向かうことによって、初めて吸収できる知識もある。だから、教室での学びをすべて手放すべきだとは、僕も考えていない。

だが、いまほど世界中で子どもたちが、人間ばかりと接触している時代はない。このことによって学びの場から何が失われているかを、あらためて考えてみる必要がある。

実際、人口の急激な増加だけでなく、都市の発達や、産業構造の変化によって、子どもたちを取り囲む環境は劇的に変化している。

日本の場合で考えてみよう。

二〇世紀半ば前後まで遡ると、日本の就業者の約半数が第一次産業に従事していた時代があった。この頃は、子どもたちも親の仕事を見たり、手伝ったりするなかで、日常的に自然と接触する機会があった。ところが、二〇一九年には就業人口を占める第一次産業従事者の割合が三・三パーセントまで下落し、他方で、都市人口が圧倒的多数を占めるようになる。

産業構造と居住環境の変化とともに、家族活動の場と労働活動の場の分離も進んでいった。僕自身、子どもの頃に自分の父が働く現場を見たことがない。労働の空間と、学びの場が切り離されているのは、近代的な学びの風景の大きな特徴である。

明治時代に、近代の教育システムが日本に輸入されたとき、まさにこの点が、親の少なからぬ不評を買った。村人が校舎を焼き討ちする「学校一揆《がっこういっき》」があちこちで起こったのも、生きることに直結しない学びへの抵抗という側面があった。

一九四七年に学校教育法によって中学校が義務教育となった後も、五〇年代はじめ頃まで、中学生の長欠率（年間五〇日以上欠席した生徒の割合）は三パーセントを上回った。高校進学率も低く、教室で学ぶという選択をする子や親はいまよりずっと少なかった。

こうした状況は、日本が第二次産業を基幹とする工業社会にシフトしていくなかで変化していくことになる。『学校へ行く意味・休む意味』の著者である滝川一廣《たきかわかずひろ》は、高度経済成長時代に教室での学びと将来の暮らしが強く結びつくようになり、これとともに高校進学率が急上昇していった様子を次のように描写している。

会社や工場で機械製品を設計したり、造り上げたり、それらの業務にかかわる事務をとる仕事は、自然のなかで稲を育てたり魚を獲る仕事にくらべて、より高いアカデミックスキルを要します。アカデミックスキルとは、黒板や本やノートを通して習得される知的技能のことです。（……）

子どもの側からいえば、勉学して高いアカデミックスキルを身につけるほど、社会でそれ相応の仕事と収入が得られる可能性がひらけました。それに加え、たゆまず登校してみんな

一緒に学業に取りくむ学校生活から培われた勤勉性や集団性が、大規模な生産労働を協働して担うおおきな力となりました。この点からも、学校体験がそのまま将来の労働に、つまり「生きる力」につながるようになったのです。こうして工業社会の発展とともに、教室で学ぶことと将来の暮らしとが結びつき、学校や勉強の値うちがぐんぐん上がったのですね[16]**。**

実際、高度経済成長の歩みとともに、高校進学率は上昇を続けた。ところが、一九七〇年に第二次産業人口比が頭打ちとなり、七五年に第三次産業人口比が五〇パーセントを超えると、不登校の急増が始まる。第二次産業がモノに働きかける業種なのに対して、第三次産業が人に働きかける業種だとすれば、教室での学びが、人に働きかける力に直結しないことが、学校の求心力が低下していった一つの要因ではないかと滝川は分析している。

たしかに、圧倒的多数の大人が、人間を相手に仕事をする社会になったのだから、学校もまた、規則の遵守や知識の習得に偏重するのではなく、人の心に働きかける力を養える場に生まれ変わっていく必要がある。

だが、僕がここで考えたいのは、これ以前の問題だ。すなわち、都市化の進展とともに急速に顧みられなくなっていった、人間以外のものと接触する時間の喪失である。

養老孟司《ようろうたけし》さんは、あるインタビューで、次のように語っている。

僕らが子どもの頃は、野山で遊んでいる子どもをつかまえて学校の教室に座らせておくことに意味があったんです。今はまったく逆でしょ。ほっといても家にこもっているだけ。学校に来たら、子どもたちを野山に放した方がいいんじゃないか[17]。

人間を含むすべての生物種と共存しながら、いかにすればこの地球環境を、居住可能な場所として営んでいけるか。これが現在僕たちが直面している最も緊急の課題だとすれば、子どもたちが、人間しかいない場所で日常の大部分を過ごさざるを得ない状況は、それ自体大きなリスクであろう。

七月二二日（水）

協生農法の考え方をベースとした学びの場を立ち上げたいという思いに賛同してくださった法然院《ほうねんいん》の梶田《かじた》住職のご案内で、「ここはいかがですか？」と、新たな学びの場の候補となる場所を見せていただく。さっそく舩橋さんと瀬戸さんにも報告。あまりに急な提案にもかかわらず、応えてくださった住職のお気持ちが本当にありがたい。興奮のため、あまり眠れず。

船橋さんが、ブルキナファソでのプロジェクトについて、「校庭のようにカチカチの土に、一五〇種類くらいの種苗をまいて、一年後にはジャングルができた」と語っているのを聞いたとき、「校庭のようにカチカチの土」でも、一年後に「ジャングル」に変えられるのであれば、本物の校庭も、一年かけてジャングルに変えられるのではないかと、僕は本気で思った。

いまの学校は、教室から校舎まで、あまりに生物多様性が低い。理科の教科書を熱心に読んで、積極的に先生に質問をするのもいいが、本来なら、教科書で植物の発芽や、蝶の変態について学ぶより、「先生、ちょっと蝶を捕まえてきます」と、教室から飛び出していく方が積極的な学習《アクティブ・ラーニング》ではないか。もちろん、すべての学校が、草花や蝶をすぐに探しに行けるような自然環境に囲まれているわけではないが、少なくとも学校を、近隣に比べて圧倒的に生物多様性の高い空間にしようという発想は可能なはずだ。校庭をジャングルにできれば、寺や神社の境内のように、学校も、生物多様性の減少を食い止める砦《とりで》の一つになる。

船橋さんは、生態系の繊細なバランスを、積木《つみき》崩しゲームの「ジェンガ」に喩《たと》えて子どもたちに説明している。(18) 生態系のジェンガから、人間が必要な食べ物を取り出す。あるいは、家を建てるための資材を切り出す。もしくは、排水で川や海を汚す。自動車を走らせ、大気に温室効果ガスを蓄積していく。そうして、生態系というジェンガのピースは、いまも一つずつ抜き取られている。

だが、ジェンガは意外にも丈夫で、なかなか倒れない。いくつものピースを抜いても、案外しぶとく立ち続けている。もしかしたら、このまま崩れないのではないか。そういう考えも頭をよぎる。

まだいける。まだいける……。

ところが、ある瞬間、ジェンガは予告もなく崩れる。しかも一度倒壊したジェンガは、簡単には元に戻すことができない。

生態系は実際、ジェンガと同じように、人間活動による攪乱に対して、非線形に応答するシステムである。生態系は少しずつ壊れていくのではなく、あるとき、何らかの出来事をきっかけに、突発的に変化し、一挙に崩壊していくのだ。その崩壊がいつ始まるかを正確に予測することは難しい。とはいえ、このままの人間活動が続く限り、地球生態系全体が後戻りできないところまで壊れてしまう日も遠くないと考えられている。[19]

校庭をジャングルに変えるだなんてあまりに突飛なアイディアだと言われるかもしれないが、現在すでに環境の変動は、「突飛」なほど恐ろしい勢いで進行している。だからこそ、人間の方もまた、想像を絶するラディカルさで既存の常識を書き換えていくのでなければ、未体験の速度で進行していく地球システムの変動に、対応していくことはできないだろう。

もちろん僕もすぐに全国の校庭がジャングルに変わるとは思っていない。だが、いま何より求められているのは、人間がこの地上で他の生物種たちと共存していくための、新たな感性を育んでいくことである。

校庭にジャングルを作るというプロジェクトを、まずはどこか一校でも実現できれば、子どもたちの感性はここから少しずつ変化していくに違いない。少なくとも、校庭に人間以外の生物種がいないという現状に違和感を覚えるきっかけになる。

「jungle」は、サンスクリット語に起源を持つヒンディー語に由来する言葉だそうだ。ヒンディー語ではもともと「耕されていない土地」を意味したという。「耕す」という生理最適化のための行為を拒絶する聖域として、すべての学校にジャングルを作る。ジャングルを作るためには、特定の学科の勉強だけでなく、生態系を総合的にとらえる知性と感性が必要になる。ジャングルを豊かに育てることを目標として、学びの過程を編み直していくのだ。これは子どもたちにとっても刺激的で、学びに溢れる体験になる。

七月二五日（土）

「周防大島ゼミオンライン」を恵文社《けいぶんしゃ》一乗寺《いちじょうじ》店から配信。配信後、近くのスーパーに立ち寄る。スーパーでは、レジ袋有料化で、エコバッグ持参を推奨されているが、野菜や果物は個別にプラスチックに包まれ、惣菜《そうざい》や菓子なども何重にもプラスチック包装されている。「エコバッグ」のなかにプラスチックが溢れかえるシュールな光景が広がる。

ラミン・バーラニ監督の『Plastic Bag』という短編映画がある。レジ袋から見た世界を描いたユニークな映画だ。

スーパーで店員が、レジ袋の山から、一枚の袋を取り出すところから、レジ袋の一生が始まる。最初にこの袋をスーパーで受け取り、自宅に持ち帰っていく女性をレジ袋は「私の創造主（my maker）」と呼ぶ。

袋は食料を自宅まで運ぶのに使われた後、氷を入れたり、犬の餌を入れたり、日常の様々な用途で使われた後、最後は犬の糞《ふん》を捨てるのに使われ、ゴミ箱に入れられる。

ゴミ集積場に運ばれたレジ袋は、「私の創造主」との別れを悲しむ。これは何かの間違いに違いない、いまごろ創造主は心配しているに違いない、と憂えながら袋は、風に運ばれて地上の至るところを彷徨《さまよ》う。長い年月が過ぎる。気づけば、人の気配は地上から消えている。

プラスチックは人間よりも長く生き延びる。熱や光によってゆっくり分解されてはいくが、焼却などしない限り、何百年、何千年ものあいだ環境のなかに残り続ける。太陽光の届かない海のなかでは、寿命がさらに長くなる。

映画のレジ袋は、やがて海にたどり着く。そこでたくさんのプラスチックの仲間に出会う。袋は再び、創造主のことを想う。そもそも「私の創造主」は実在したのだろうか。それとも自分が作り出した幻想なのだろうか。そう自問しながら袋は、それでも再びいつか、彼女と会いたいと願う。もし再会できたとして、袋が彼女に伝えたいことは一つだ。

I wish you had created me so that I could die.
どうか私が死ねるように、私をつくってほしかった。

残酷なほど長いレジ袋の一生。その長さをほとんど想像することもないまま、あっという間に僕たちはこれを消費していく。死ぬことすらできない袋の行く末を、普段は考えてみることもない。

現在、毎分ゴミ収集トラック一台分のプラスチックが海に流れ出しているという。このままでは二〇五〇年には、海中のプラスチック量が魚の量を超えるとも言われている。[20] きちんと分別してゴミを出せばリサイクルされるから安心かと言えばそうではなくて、実質的に日本国内でのプラスチックのリサイクル率は一割にも満たないことも指摘されている。[21] いまやマリアナ海溝の深部までマイクロプラスチックで汚染されているのだ。それでも、今日も

「エコバッグ」のなかは、たくさんのプラスチックで溢れかえっていく。

　地球温暖化についても、生物多様性の消失についても、プラスチックについても、知識や情報は氾濫している。だが、知識を身につけるだけでは間に合わない。正しいデータと、緻密な計算がたとえ実行できたとしても、危機を回避するための速やかな行動が、これだけで導き出せるわけではない。

　ティモシー・モートンはしばしば、道路に飛び出す子どもを助ける場面を例に挙げる。幼子が道路に飛び出そうとしている。このとき、深く考えずに彼女が飛び出すのをくい止めることこそ、彼女の命を救う行為である。彼女が轢《ひ》かれることを示す証拠を探したり、自分が助けなければいけない理由が揃《そろ》うまで待っていては手遅れになる。

　行為すべき理由を詮索する前に、迷わず少女に手を差し伸べること。ここで問われているのは、状況に即座に対応できる「responsibility」である。「responsibility」は「責任」とも訳されるが、文字通りには、「応答（respond）」する「能力（ability）」のことだ。

　どうして僕たちは道路に飛び出す幼子にそうするように、深海にたまるプラスチックや、溶解していく北極の氷や、失われていく生物多様性に即座に反応できないのだろうか。

　プラスチックの寿命は長い。それは、人間にとって意味のあるスケールを圧倒的に凌駕している。地球温暖化の影響も、恐ろしいほど遠い未来まではみ出している。地球物理学者デイビッド・アーチャーの著書『The Long Thaw』によれば、いま大気に放出されている化石燃料起源の二酸化炭素のおよそ一〇パーセントは、一〇万年後になっても海や大地に吸収されきらずに気候に影響を及ぼし続けるという。いまの人間活動が、一〇万年後の気候にも影響を与えている。何千年、何万年というこうした巨大な有限性は、人間の想像を絶する。だが、こうした長大な時間に感覚を合わせていくことこそ、いま人間が発揮しなければならない responsibility なのだ。

僕たちは、あまりに人間中心化した自己像を、少しずつ描き直していく必要がある。ウイルスが子を産生していく時間、海氷が溶ける時間、土壌が形成される時間、放射性物質の放射能が減衰していく時間——様々なタイムスケールで進行する無数の出来事が錯綜する時間の網のなかで、自分の存在が何に依存しているかを、精緻に把握し直していく必要がある。このためには、学びの風景を、根本的に刷新していかなければならないだろう。

たとえば、自己と他者の相互依存性を描写する「地図《マップ》」を作成する授業を想像してみよう。小学校低学年の段階では、「今日はお母さんにお弁当を作ってもらった」「〇〇ちゃんに××を教えてもらった」など、身近なところでの「おかげさま」を発見していくところから始める。学年が上がるに連れて、呼吸のための酸素は植物からもらっている、とか、土中の菌根菌のおかげで美味しい野菜が今日も食べられる、とか、科学の知識によって、依存性の地図が精密に更新されていく。中学生にもなれば、北極海の氷が溶けたことによる地政学的な構造の変容や、ダムの建設による流域生態系の動揺が地元の環境にもたらす影響など、より複雑な依存関係も把握できるようになる。高校生にもなれば、シミュレーションを駆使しながら、一見自分とは無関係に思える出来事が、意外な仕方で自分の暮らしに影響を与えていく過程を発見し始めるだろう。

大学に入るためでも、希望の就職先に入社するためでもなく、自分が何に依存して生きているかを正確に知るために学ぶ。周囲から切り離された個体としての自分のためにではなく、周囲に開かれた自己を、豊かな地球生命圏の複雑な関係性の網のなかに、丁寧に位置づけ直していくためにこそ学ぶ。

僕はこれは決して、非現実的な空想だとは思わない。なぜなら、自分が何に依存しているかを正確に把握していくことは、人間と人間以外を切り分けてきたこれまでの思考の機能不全を乗り越え、地球という家を営んでいくための、避けては通れないプロセスだからだ。生命の相互依存性をどこまで緻密に把握していけるかは、不確かな未来を生き延びていかなければならない子どもたちにとって、命にかかわる問題である。

自分が何に依存して生きているかを緻密に描き出していく。この過程で、子どもたちはやがて、自分の存在が、まるで毛細血管のように地球生命圏全体にしみわたっていることを発見するだろう。そんな彼女たちは、北極の海氷が失われていくことを、自分の痛みとして感じるようになる。彼らは農場の野菜のように、自分だけのための栄養でぶくぶくと太らされるより、個体を超えた生命とのつながりを感じ、自分でないものの幸いを自己の喜びとする道を選ぶ。

地球上に約八〇億もの人間がいる。その人間のあまりに放縦な活動に、地球システム全体が反応し始めている。だが、ウイルスから気候まで、あらゆるスケールにわたる他者を思い描き、いたわることができる生物種もまた、この地上には人間のほかにいない。僕たち自身が環境から奪う存在ではなく、生態系を拡張していく生き物に生まれ変わっていくことができれば、人間がいてもなお、いやむしろ人間がいてこそいまより多くの生物種で賑わう世界が、実現することだって不可能ではないはずである。

僕はそんな未来を心に描き、自分にできることを一つずつ始めている。

秋

Pleasure

くり返しがないと想像してみよう
くり返しがないと想像してみよう
くり返しがないと想像してみよう
——ティモシー・モートン

八月の初旬、自宅でガス漏れが発覚した。

ガスメータのランプが赤色に点滅していることに気づいた妻が、あわててガス会社に連絡すると、すぐに担当の人が駆けつけてくれた。点検の結果、ガス管が老朽化し、破損していることがわかった。

幸い、漏れている箇所はすぐに特定され、その日のうちに修理してもらえた。ガスが止まったのはほんの数時間だけで、生活に大きな支障はなかった。とはいえ、ガス管の他の箇所も同様に老朽化しているので、いつまた同じことが起きてもおかしくないということだった。

僕は万が一、冬にガスが止まったら大変だと思った。ガス管の破損する箇所によっては、工事が長引く可能性もある。古くなったガス管すべてを取り替えるとなれば、床を剝がす大工事になるだろう。

数年前には、樹齢一〇〇年を超える庭の桜の根が水道管を突き破り、これを修復するために大きな工事が必要になった。このときは工事期間中、妻と子どもたちは妻の実家に避難できたが、今回はコロナの第二波、第三波が重なる可能性もある。その場合、工事中どこかに避難することも難しくなるだろう。早めに手を打っておく必要があった。

「近くにみんなで住める家を探そう」

僕はまもなくそう心に決めた。

いまの家は、子どもたちもとても気に入っている。裏庭では菜園を始めたばかりだ。庭での活動が日々の中心になってきたいま、もはやここを完全に離れることは考えにくかった。とはいえ、コロナの流行が再燃し、自由な移動や外出が難しくなる可能性もあるなか、自宅のライフラインが絶たれてしまうことは、できれば避けたかった。であれば、家族で住める家を近くに借り、これまでの自宅は、新しい学びの場として育てていくのはどうか。

もともと春に「自宅幼稚園」を始めた頃から、自宅での学びを、いまよりも開かれた形に広げていきたいという思いがあった。それは「胡蝶庵」（四八頁）を借り、そこで小さな寺子屋を始めようとした頃からの、僕の変わらぬ願いでもあった。今回のガス管のトラブルが、いま思えば、具体的に動き出すための大きな後押しになったのである。

さっそく、物件を探し始めた。四〇度に迫る猛暑日が続く、異常に暑い夏だった。仕事の合間に、ウェブで物件の情報を頻繁にチェックするようになった。

ガス漏れが発覚したちょうど一〇日後、気になる物件の情報が出てきた。近くに植物園や大きな公園があり、広さや間取りも理想的だった。想定していた予算を少しオーバーしていたものの、僕はすぐに自転車で現地に出かけた。外見の確認をし、周辺をしばらく歩いた。まだ居住中の物件だったので、内見はできなかったが、周囲を歩くうちにすっかり気に入ってしまった。

そのまま僕は不動産屋に向かった。

このとき妻と子どもたちは妻の実家にまた一時帰省中で、僕は彼らに電話で見てきたばかりの家のことを話した。家族は、僕の直感を信じてくれた。内見ができるまで待つという手もあったが、お盆をまたぐと、誰かに先を越されてしまうのではないかという不安があった。思い切ってその日に仮契約を済ませてしまうことにした。

内見せずに物件の契約をしたのは、さすがにこれが初めてである。心配がないわけではなかった。特に、子どもたちが引越しという大きな変化を、どう受け止めるかが気がかりだった。引越しは、この二ヶ月後になる。それまで不安と期待の入り交じる日々が続く。

一方、新たなプロジェクトが着々と動き始めていた。新居契約の翌日、僕は法然院に出かけた。

七月に直島で、舩橋真俊さんと、彼が提唱する「協生農法」に出会った。これがきっかけで、法然院に頻繁に通うようになった。人間がかかわることで、人間がいないよりも高い生物多様性を実現する。僕は舩橋さんのこのヴィジョンに強く心を揺さぶられていた。そして、自分でも具体的に何かを始めたいと思い、直島から京都に戻るとすぐに、活動の拠点になる場所を探し始めた。このとき、まず最初に、地元でご縁のある法然院の梶田住職に相談を持ちかけてみたのだった。

この段階で、まだほとんど計画らしい計画はない。いま思えば、かなり乱暴な話を持ちかけてしまったと思う。だが、住職は嫌な顔一つせず、懐深く耳を傾けてくださった。そして、「狭い荒れ地でよろしければ」と、さっそく境内の土地を案内してくれた。

僕は、地元のことに詳しい住職に相談し、活動の拠点になり得る場所を探す手がかりを見つけたいと思っていた。だが、まさか境内の土地をご案内いただけるとは思っていなかった。予期せぬ展開に少し慌てつつ、さっそく場所を見に出かけた。

一箇所は、総門の左手に広がる、もとは竹林だった土地で、いまは台風で生じた倒木や落ち葉が大量に集積していた。もう一箇所は、墓地の南手にあって、板で簡単に囲われたスペースに、うずたかく堆肥や落ち葉が積み重なっていた。

僕が漠然と思い描いていたのは、近隣の子どもたちや大人が一緒になって、「人の手で生態系を拡張していく」という共通の目標のもとに集まり、学び、教え、研究し、遊ぶことが、渾然一体《こんぜんいったい》となった空間である。とはいえ、僕自身は農業の経験もなければ、土壌の性質を見定める眼《め》もない。止《や》むに止まれず動き出してみたものの、せっかく案内してもらった土地で、果たしてどんな活動ができるか、ほとんど想像もつかなかった。

だが、無知を理由に動くことを恐れてはいけない。そう自分に言い聞かせるように、まずはこの土地と、自分なりに向き合ってみることにした。

九月三日（木）

Tくん、Kくんと法然院へ。総門左手の土地にてさっそく作業開始。まずは、積み重なった丸太や落ち葉を寄せ、人の通り道を作り、ダンドボロギクが群生している一帯の横に、一〇平米ほどの開けた空間をつくる。三箇所から土のサンプルを採集し、これを土壌動物の観察のために、自宅に持ち帰る。烏山椒《からすざんしょう》が生えているので、「柑橘《かんきつ》系はいけるかもしれない」と、土地の写真を見て高知の瀬戸昌宣さんが教えてくれる。

ダンドボロギクは北アメリカ原産の帰化植物である。周囲は下草もないほどシカに食べられているこのエリアでも、ダンドボロギクだけは元気に勢いよく生育していた。

「ほかはすべてシカが食べてしまいます」と、「法然院森のセンター」で長く環境学習活動に携わってきた久山慶子《ひさやまけいこ》さんが教えてくれた。

たしかに、あらためて見わたしてみると、ダンドボロギクの他には、隅の方に烏山椒が生えているくらいで、ほかにはほぼ植物の姿がない。「もし畑をされるのであれば、シカ対策を考える必要があります」と、あらためて久山さんが忠告してくれた。

シカは、有毒な植物やトゲなどで物理的に防衛している植物を除いて、ほとんどあらゆる植物を食べてしまう。シカは牛と同じように四つの胃を持ち、時間をかけて反芻《はんすう》しながら、粘り強く植物を消化していく。一日に食べる量は、生の葉で五から六キログラムにもなるという。シカの密度が高くなれば、下草はたちどころに食われてしまう。

こうなると、森では次世代を支える若木も育たなくなる。植物の減少が土砂の流出を招き、土砂崩れも生じやすくなる。地域の景観も生態系の様相も、シカの存在によって大きく変わってしまうのである。

京都東山に位置する法然院の森にシカがやってくるようになったのは、二〇〇八年頃からだそうだ。もとは北山《きたやま》方面にいたシカの一家が、道路をわたって南下し、以来少しずつ数を増やしてきたという。全国的にも、一九八〇年代まではシカは少なく、むしろ保護されている場所が多かったというのに、この二〇年ほどでシカが急増しているのだ。

なぜ、シカは増え始めたのか。『シカ問題を考える』の著者・高槻成紀《たかつきせいき》は、考えられる様々な要因について考察しながら、農山村の過疎化と高齢化によって、農業地帯が野生動物にとって魅力的な空間になっている現状があることを指摘している。農山村で人間が活発に活動しているうちは、猟によって野生動物の頭数が抑えられていた。草刈りの結果、草食獣にとっての食料が乏しい状態が作られ、動物が身を隠すところもなかった。そのため、農山村は野生の動物たちにとって、近づきたくても近づけない場所だった。

ところが、近年の農村は人口が減り、高齢化が進み、シカの数を抑制する力を急速に失っている。結果、シカの数が着々と増え続けているのではないか、というのだ。

このような背景を考えるとき、シカの存在もまた、生態系の変容を物語る重要なメッセージだとわかる。生態系を拡張する学びを目指すのであれば、単純に強い柵を作り、シカを不都合な他者として排除し、抑え込もうとするより前に、まずはなぜシカがここに来るようになったかを、一から考えてみる必要がある。

九月七日（月）

朝、カブトムシとクワガタの世話。その後、裏庭の「もりたのーえん」にJと大根の種をまこうと話していたら、幼稚園登園の時間が迫っていることに気づく。

「もう幼稚園に行く時間だから、種まきは後にしようか」と僕が言うと突然、「幼稚園行かない！」とJのスイッチが入ってしまった。

何とか自転車には乗ってくれたが、集合場所に到着する前に、「幼稚園行かない」と頑《かたく》なに主張し始める。仕方なく自転車を集合場所の近くに停《と》め、二人で哲学の道を歩く。

シャリンバイの青い実を息子が見つける。それを石のベンチに並べ始める。

僕は試しに「足す」という言葉を教えてみた。これが、意外なほどすぐに染み込んでいった。

「2＋3は？」

「……5！」

今日は、足し算記念日である。

九月八日（火）
Jは泣きながら幼稚園へ。しかし午後は笑顔で戻ってきた。帰り道、公園でまたシャリンバイの実を並べる。
J「ここにシャリンバイ七個が二つあります。なーんだ？」

僕「うーん、じゅうよん！」
J「正解はぁ……いち、に、さん、し、ご、ろく、なな、はち、きゅう、じゅう、じゅういち、じゅうに、じゅうさん、じゅうし……ブッブー！　じゅうしっこでした！」

九月九日（水）
今日も一昨日と同じベンチで、幼稚園前の青空教室。昨日は二二個持っていたはずのシャリンバイの実が、今日数えてみるとポケットに一四個しか残っていない。「何個なくなったかな？」と二人であぁだこうだと考えてみること数分。息子が「あ、幼稚園行かないとね！　おとーさん、そういうのばっかり考えてるでしょう？」と笑う。二人で集合場所まで駆ける。
午後、丸善《まるぜん》で『土壌診断のきほん』を買う。

九月一〇日（木）
雨。今日もJは幼稚園に行かないというので、法然院に同行。Tくん、Kくんと、土壌調査のための穴を掘る。途中、雨が激しくなる。みんなで大きな木の下で雨宿りする。
その後、「法然院森のセンター」の久山さん夫妻とお会いして、お二人がこれまで三〇年以上携わってきた環境学習の活動について話を伺う。あらためて一つの土地に、いかに多くの人がかかわり、思いを寄せてきたかを実感させられる。

お二人の話を伺いながら、生態系に耳を傾けることは、そこにかかわる人の声に耳を傾けることでもあると感じる。これから自分が進むべき方向が、少しだけ見えたような気がした。

九月一一日（金）

Jの「幼稚園行かない」スイッチが今日は完全にオン。何とか幼稚園の入り口まで一緒に行くが、園に入ろうとすると「やっぱり行かない！」となってしまった。先生に挨拶だけして帰宅。その後、引越し手続きに必要な書類を取りに区役所へ行く。

引越しや、法然院での新しいプロジェクトについての不安や迷いが、子どもたちにも伝わっているのだろうか。ひょっとするとそれが、Jが幼稚園に行きたがらない要因の一つになっているのかもしれない。

午後、家族で植物園へ。自分でも少しずつ植物を育て始めているせいか、これまで以上に素晴らしい場所に思える。温室では子どもたちも大興奮だ。

植物園の遊具は残念ながらコロナ対策のために使用禁止だった。いろいろな場面で、感染症対策のためにと、子どもたちにとっての自由が制約されている。それが少しずつ、子どもたちの心を、疲弊させているのではないか。
温室見学の途中から雨がふり出す。慌てて車に戻り、帰宅。帰宅する頃には、かなり激しい雨になっていた。

九月一二日（土）
中田兼介《なかたけんすけ》先生を招き、法然院で昆虫観察会。ババヤスデ、ハンミョウなど多くの昆虫に出会う。
生態系の拡張を考える前に、まずは足元の生き物を観察してみよう。そんな思いで企画した観察会である。近くにいままでもずっといたはずの生き物たちの姿を、いままで自分がいかに見過ごしていたかを思い知らされる。

「見えないゴリラ」についての有名な実験がある。被験者は短い映像を見せられる。画面にはそれぞれ白と黒のユニフォームのバスケ選手が何人か映っていて、パスを回している。被験者は、白のユニフォームを着た選手同士が何回パスを回したかを数えるように言われる。よく見ていれば、正解することは難しくない。「一五回」と被験者が答える。「正解！　ちなみに、ゴリラは見えましたか？」と実験者が聞く。被験者の目が点になる。(1)

僕もこの動画を初めて見たとき、本当にゴリラが見えなかった。だが、映像をもう一度見ると、ゴリラは選手たちの間を、堂々と横切っているのだ。

「白のユニフォーム」に注目しようとするとき、意識は白に集中し、黒いものについての情報がシャットアウトされる。黒のユニフォームに惑わされないように集中する結果、黒のゴリラを見逃してしまうのである。

僕たちはあるがままの世界を見ているわけではない。自分を取りまくすべてのもののなかの、ごく一部にだけ関心を寄せ、そのほかのほとんどを見ないことで意識を節約している。問題はこのとき、自分には何が見えていないかを、自覚するのが難しいことだ。僕たちは、自分の無関心について、かなり無知なのである。

九月一五日（火）

昨日も今日も、Ｊは楽しそうに幼稚園に行った。夕方、二人で哲学の道を歩く。

Ｊ「夜は鈴虫が鳴いて快適だよね！」

夕食のとき、引越しの話題になる。「この家のままがいい」と、Ｊがぽつりとつぶやく。

九月一九日（土）

桜谷川《さくらだにがわ》の源流を訪ねて、Kくん、Tくん、Jと四人で大文字山《だいもんじやま》に登る。楼門《ろうもん》の滝を通り、桜谷川の水源まで歩く。さらにそこからしばらく歩き、大文字山の火床まで出たとき、「おとーさん、山が変身したね！」とJが叫ぶ。全部で四時間以上の山歩き。Jが大人に交じって、いつの間にかこんなに歩けるようになっていることに驚く。ランチは庭でサンドイッチを食べる。

家のすぐ近くを流れる川の源流を、僕たちはそれまで訪ねてみたことがなかった。蟹《かに》を捕まえたり、水槽に入れる水を汲んだり、日頃から身近な川なのに、その水がどこから来るか、自分の目で見てみようと思ったことがなかった。

現代の生活は、自分が何に依存しているかにほとんど無自覚のままでも成り立つ。蛇口を捻《ひね》ったとき出てくる水がどこから来るか。自分の着ている服が、いつ、どこで作られたのか。そんなことを考えなくても、生活は順調に捗《はかど》る。

だが、自分が何に依存しているかを自覚していないままでは、環境の急激な変化に対応できない。自分が飲む水がどこから来ているか。それをまったく知らない人は、水道が突如として機能しなくなったとき、ただ途方に暮れるしかない。

多様な依存先を持ち、その依存先を自覚できていてこそ、人は不確実な状況に対応できる。

小児科医の熊谷晋一郎《くまがやしんいちろう》は、脳性まひの当事者としての経験を通して、多様な依存先を持つことこそ「自立」だと発見した経緯を、「依存先の分散としての自立」と題した論考のなかで綴っている。

熊谷は東日本大震災の当日、六階建ビルの五階にある研究室にいた。大きな揺れがおさまったあと、ビルのエレベータが止まった。彼は、ビルから逃げ出すため、自分の体の一部ともいうべき電動車いすから引きはがされ、全身が急速に萎《しぼ》んでいくような不安を覚えた。

移動の支えを失ったのは熊谷だけではなかった。エレベータだけでなく、都内の鉄道のほとんどが止まったからだ。しかし、彼の周囲にいた人は、エレベータがダメなら階段がダメなら梯子《はしご》に頼ることができた。「健常者」と言われる人たちは、何にも依存していないのではなく、自分に比べて多くの依存先を持てているだけではないかと、このとき熊谷は気づいた。世に「自立」と言われているのは決して、「何ものにも依存していない」状況ではない。むしろ、依存先をいくつも持つことで、「一つ一つの依存先への依存度が極小となり、あたかも何ものにも依存していないかのような幻想を持てている状況」こそ「自立」なのだと、このとき熊谷はさとった。

現代文明は、生産性と効率性という画一的な尺度で、世界の資源の再配置を高速に進めている。結果として、様々な場面で「依存先の多様性」が失われつつある。食料も、エネルギーも、何もかもを、もっとも安く、効率的に生産できる場所へと、依存先が集中していく。環境との間に「依存─支え」の多様な関係を持てないことが、「障害」と呼ばれる状況を作り出すのではないかと熊谷は論じる。蛇口を捻る以外に飲み水を手に入れる方法を知らない現代の僕らは、熊谷の定義で言えば、依存先の多様性を失い、みずからを「障害」へと追い込んでいると言えるかもしれない。不確実な環境の変動にしなやかに対応しながら生き延びていくためには、依存関係を減らすのでも、他者との関係に蓋をするのでもなく、多様な依存関係を自覚し、これをむしろ増やしていく工夫を、始めていく必要があるのではないか。

九月二一日（月）

梶田住職が紹介してくださった第二の土地は、板で囲われた敷地の内部が、いまは落ち葉置き場になっている。植物を植え始める前に、まず落ち葉を活用する方法を考えたい。落ち葉で堆肥をつくり、堆肥をみんなで分け合いながら、開けたスペースに植物を植えていくのだ。

僕は今回ご縁をいただいた土地と、なるべくまっすぐ、時間をかけて向き合っていきたいと思った。落ち葉が堆積しているならば、これを除去したり処分して畑を始めるのではなく、落ち葉を活用するところから始めたい。そのため、遠回りのようだが、落ち葉を堆肥化するところから動き始めることにした。

とはいえ、落ち葉からどうやって堆肥をつくればいいのか僕は何もわからなかった。そこで、発酵のことに詳しい友人の小倉《おぐら》ヒラクさんに相談してみることにした。

ヒラクさんとしばらくメッセージをやり取りしているうちに、なんと一一月に山梨から京都に来て、堆肥づくりを指導してもらえることになった。その日までに、堆肥づくりのための木枠を作っておいてほしいと言われた。

木枠といってもどういうものを作ればいいかまったくわからない。書店に出かけて、堆肥づくりについて書かれた本をいくつか買った。

九月二二日（火）

一月以来、八ヶ月ぶりに髪を切る。

九月二四日（木）

午後、法然院で講演。

半年ぶりにリアルの講演。なまの反応がかえってくることに新鮮な感動を覚える。

大学を卒業して以来、一〇年以上、全国各地を飛び回りながら、「数学の演奏会」や「大人のための数学講座」など、人前でトークすることを生きがいとして活動してきた。ところが、今年の春以来、リアルで講演をする機会はなくなってしまった。これまでの日常はほぼ完全に停止してしまったわけだが、結果として、自分の思いもしない新たな風景が開けてきた。

何より、家族と過ごせる時間が増えた。いままで移動に費やしてきた時間の多くが、家族とともに過ごす時間に変わった。子どもたちや、木々や虫たちの存在に、じっと耳を傾ける時間が生まれた。自分が言葉を発するよりも、誰かが発した声を受け止めることに、新しい喜びを僕は見つけ始めた。

トークライブで人前に立つと、自分がしゃべらなければ場が動かない。せっかくその場に集まった人たちに喜んでほしいと思うと、単位時間あたりの発話量も増える。結果、まくし立てるようなマシンガントークになる。

だが、山のなかや、庭に子どもたちといるときは、僕がしゃべらなくても場は動いていくのだ。むしろ、僕が余計なことを言わない方がいい。僕はただそこにいて、耳を澄ます。ただじっとしていることがこんなに豊かな営みだとは、僕はいままで気づかなかったのである。

九月三〇日（水）

「植物観察家」の鈴木純《すずきじゅん》さんと、オンラインで初対面。すぐに意気投合し、一一月から開く予定のラボに来てもらえることになった。

初対面にもかかわらず盛り上がり、同じ年頃のお子さんがいるということもあって、思わず子育ての相談をしてしまった。貴重なアドバイスをもらった。

引越しの日が迫ってきた。正直、かなり不安だった。果たして子どもたちが引越しという環境の変化を受け入れてくれるかどうか。それが何よりも心配だった。九月に入って、長男が幼稚園に行かないと頑なに拒否する日が続いたのも、引越しの不安と関係があると思った。小さな子どもにとって、環境の変化は、大きなストレスに違いない。

僕は、悩みを純さんに打ち明けてみた。すると、心強いアドバイスをくれた。

幼子は、初めてのことに満ちた複雑な世界を、何とかして理解しようとしている。このとき、安定した世界の秩序が、探究のための手がかりになる。逆に、家具の配置や着替えの手順など、ささやかなことでも、これまでの秩序が揺さぶられると混乱に陥る。「いつも通り」が守られていないことは、子どもたちにとって、世界を理解する手がかりの喪失を意味するのだ。

モンテッソーリ教育では、この時期の子たちは「秩序の敏感期」にいるととらえるのだという。だから、どうしても環境の変化が避けられないときは、「なるべく早めに、これから起きることを予告してあげるといいですよ」と、純さんは教えてくれた。

言われてみれば、それまで僕は、引越しの話題が子どもたちを不安にさせてしまうのではないかと、「これから起きること」について、なるべく子どもたちの前で触れないようにしていた。だが、子どもの心を混乱させるのが「急激な変化」なのだとすれば、直前まで変化を予告しないことこそ、混乱を助長させる態度なのかもしれない。

僕はこのときの助言に従い、引越しまで残された数週間、引越しの話題を日常会話のなかで素直に持ち出すようにした。すると最初はあまり乗り気ではなさそうだった長男も、次第に「あと何日で引越し？」とカウントダウンをするようになった。少しずつ変化に向けて、心の準備を始めているのがわかった。

思えば、「幼稚園行かない！」と彼が突然叫び始めた日も、僕が「大根の種をまこう！」と予告していたのに、にわかに「もう幼稚園に行く時間だ！」と言って、それまでの予定を破棄してしまったことが直接の原因だった。これまでも息子が「いやいや」の状態になるのは、いつも僕が急激な変化を、無理に強いているときだったような気もしてきた。僕にとって、これは目から鱗《うろこ》の発見だった。

だが考えてみれば、急激な変化を嫌うのは、子どもだけではない。大人もまた、急激な変化は、できれば避けたいと思っているはずだ。だからこそ、日々忙しなく未来を予測し、少しでも不確実さを取り除こうとしている。

ところが現実の世界は、前代未聞の変化の渦中にある。人類がこれまで経験したことのない速度で地球の気温は上昇し、想像を絶するペースで地球上から生物種が消滅している。引越しどころではない劇的な環境の変化を、僕たちは好むと好まざるとにかかわらず経験していくことになる。

だとすれば、変化を隠すのではなく、正面から向き合うこと。これから起きようとしていることに、感覚を少しずつ馴染《なじ》ませていくこと。「環境の変化」に対すべき態度は、幼子も大人も、実はそんなに違わないのかもしれない。

一〇月八日（木）
咳《せき》が出ていたため」は幼稚園をお休み。朝食の後には咳がおさまり、今度は「幼稚園行く!」と言い始めた。どうやら運動会に向けて、竹馬の練習がしたくて仕方ないらしい。

一〇月一二日（月）
今日は幼稚園の運動会。
今年は残念ながら、感染症対策のため、親は参加することができない。子どもたちだけの非公開の運動会。
Jが誇らしげに金メダルをもらってきた。園児全員に毎年手渡される金メダルだ。ずっと練習していた竹馬は、いままで練習していたときよりかなり遠くまで歩けたらしい。この一ヶ月で表情がかなり大人びてきた。

一〇月一九日（月）
引越しのため、胡蝶庵の本を段ボールに詰める。この三年半で一階の六畳の書斎が本で埋まって、足の踏み場もない。

自宅から自転車で一〇分くらいの場所に町屋を借りたのは三年半前のことだった。町屋を借りたとき、ここを「胡蝶庵」と名づけた。これは荘周《そうしゅう》が夢で胡蝶になる『荘子《そうし》』斉物論《せいぶつろん》篇《へん》の一節にちなんでつけた名前だ。

昔者《むかし》、荘周は夢に胡蝶と為《な》る。栩栩然《くくぜん》として胡蝶なり。自ら喩《たの》しみて志に適する与《かな》。周たるを知らざるなり。俄然《がぜん》として覚《さ》むれば、則《すなわ》ち蘧蘧然《きょきょぜん》として周なり。知らず、周の夢に胡蝶為《た》るか、胡蝶の夢に周為るか。周と胡蝶とは、則ち必ず分有り。此《こ》れを之物化《これぶつか》と謂《い》う。

荘周は夢のなかで蝶になった。嬉々として心ゆくまで楽しげに舞い、このときはすっかり蝶であった。だが、目覚めてみると、ハッとして彼は再び荘周だった。いったい荘周が胡蝶の夢を見ていたのか、それとも蝶が荘周の夢を見ていたのか、判然としない。しかし、「周と胡蝶とは、則ち必ず分有り」。荘周はどこまでいっても荘周であり、蝶はあくまで蝶なのだ。自分があくまで自分であるままに、いつの間にかまったく別の物へと化していた。荘子は、この驚くべき生成変化の妙を「物化」と名付けた[2]。

今回の引越しとともに、胡蝶庵も引き払うことになった。僕は積み重なった本を段ボールに詰めながら、自分が気づけば、三年半前とはまったく別の物に化していることを感じた。子どもたちと土に触れ、植物を育て、「謙虚と観察」を合言葉に、人間でないものに耳を傾ける。机に向かって数学をしたり本を読んだりしていたかつての日々とは、まったく違う毎日なのである。

一〇月二三日（金）
引越しの朝。雨。
Jを幼稚園に送るのと入れ違いに引越し業者が到着。自分もスタッフ並みに段ボールを運び続けるが、やはりプロの身のこなしは見事だった。

自宅から新居に荷物を運んだ後、胡蝶庵から自宅へ本を運び、再び自宅から新居に残った荷物を運ぶ。すべて同じ区内での移動とはいえ、雨のなか三拠点を行ったり来たりする引越しは思いのほか難航した。
開始から一二時間後、ようやく引越しが完了した。外は真っ暗だった。家族みんなで大きな拍手でスタッフに感謝の気持ちを伝えた。子どもたちはさっそく、新しい家に大興奮の様子であった。

一〇月二四日（土）
引越し翌日、新居での初めての朝。
長男が僕の部屋のドアを開け、何か話しかけてくる。寝ぼけた僕には「かえろう」と言ったように聞こえてドキッとした。目を開けると満面の笑みだった。「かえろう」ではなく、

「おはよう」だったみたいだ。この二ヶ月間の不安が、一気に解けた。僕は、心の底からホッとした。

引越しを子どもたちがどのように受け止めるのか。二ヶ月間抱えていた不安が、引越し翌日の二人の笑顔で吹き飛んだ。僕の心は一気に軽くなった。

いよいよこれから、これまで住んでいた家を、新しいラボにしていくのだ。まずは足の踏み場もないほど段ボールだらけの部屋を片付けていくところからである。これまでやろうとしながらできなかったことを、ここなら思う存分できるはずだ。学びと、教育と、研究と、遊びが、混ざり合った場所をつくる。ラボの名前は「鹿谷庵《ろくやあん》」とした。

一〇月三〇日（金）

澤田智洋《さわだともひろ》さんとオンラインで打ち合わせ。

春に京都に来てもらって、スポーツを一緒に作ろうと盛り上がる。校庭をジャングルに変えるためには、まず、スポーツを作りかえなければならない。

澤田智洋さんは、「スポーツを発明する」というユニークな活動を生業《なりわい》としている。これまでに八〇以上のスポーツを発明し、一〇万人以上がこれを体験してきたという。

たとえば、「五〇〇歩サッカーデバイス」という、歩数を計測する装置を腰につけ、一歩動くたびにゲージが一つずつ減る。激しく動くと、一度に三ゲージや五ゲージ減り、残り歩数がゼロになると退場になる。逆に、三秒以上静止して休むと、一秒に一ゲージずつ回復していく。

澤田さんがこのスポーツを考案したのは、当時一四歳だった友人TKのためであったという。友人は生まれつき心臓に病があって、スポーツを楽しめたことがなかった。心拍を安定させる必要があるため、たとえ少し走れたとしても、その後こまめに休む必要があった。

澤田さんは、TKの話を聞いて、TKが無理にスポーツに合わせようとするより、スポーツをTKに合わせてはどうかと考えた。そこで考え出したのが五〇〇歩サッカーだった。

一般の参加者と交ざって五〇〇歩サッカーをプレイしているとき、観客も含めて誰一人TKが心疾患だとは気づかないという。彼にとって最も自然な動きが、ナイスプレイになるからだ。

心疾患であるとはどのようなことか、当事者でないと想像しにくい。だが、このスポーツをプレイした人は、心疾患の当事者の身体に一時的になり切ることで、頭で想像するのとは違うレベルで、それまで自分の知らなかった身体の可能性を経験するのだ。

澤田さんがこうした活動を始めたのは、息子に生まれつきの障害があったことがきっかけだった。もともと運動コンプレックスだった彼が、「不自由を楽しむ」という観点から、スポーツを再発見していった。

「すべてのスポーツは、ある意味で障害者体験なんです」と澤田さんは語る。(3) サッカーは、手が使えない障害。ラグビーは、後ろにしかパスを出せない障害。バスケは、ドリブルしている間しか動けない障害……。不自由を楽しむことがスポーツだとすれば、様々なスポーツの開発と体験を通して、僕たちはもっと他者の不自由を想像できるようになれるかもしれない。

他者への想像力を育む実践としてのスポーツという発想は、僕にとっても目から鱗だった。人間以外の存在にまで広がっていく想像力と感性を獲得していくことは、地球環境の危機の時代に、人類にとって喫緊の課題だ。他者を知識や情報として知るだけでなく、体感としてわかるために「スポーツの発明」は有効な方法になるかもしれない。

動物や植物の身体へと、想像力を拡張していくにはどんなスポーツが考えられるだろうか。これまでスポーツに参加できなかったTKが、五〇〇歩サッカーでは他の選手と交ざり合えたように、近代的なスポーツから排除されてきた生き物たちを、再び招き入れられるようなスポーツは作れるだろうか。

校庭をジャングルに変える、という構想についてはすでに書いた。これを、ある建築家の方にお話ししたとき、彼が「校庭をジャングルにするなら、スポーツを変えないといけないでしょうね」と言った。人間以外の生き物が排除された近代的な景観のなかで、近代のスポーツは生まれた。これが普及していくことによって、逆に近代的なランドスケープが、あちこちに作られていくことになった。野球やバスケをしようとしたら、樹木やカエルは邪魔になるのだ。スポーツをするために、人間以外の生き物が極端にいない、特殊な空間が作られていったのである。

この流れを断ち切るには、スポーツを変える必要がある。そこでさっそく澤田さんにコンタクトをとってみた。春に澤田さんを京都に招いて、多様な生き物たちがいる森で、子どもたちと一緒に、スポーツを作るワークショップを開きたいと考えている。

一一月二日（月）

鈴木純さん来京。鹿谷庵からオンラインで対談を配信。自分でも初対面とは信じられないほど、刺激的で愉快な時間。

一一月三日（火）

鹿谷庵の庭で、鈴木純さんの植物観察会。一歳児から大人まで、みんなそれぞれ夢中になった。庭でスタートして、法然院まで歩きながら観察する予定だったが、結局、庭だけでたっぷり二時間が経過してしまった。純さんに見方を教わると、見えるものがどんどん変わっていく。「観察」という営みの奥深さを知る。

鈴木純さんは「植物観察家」という肩書きで、各地で植物を観察する会を開催している。野山に行かずとも、街路樹や駐車場、駅のロータリーなど、至るところに植物観察のスポットがある。このことを教えてくれる彼の活動は、世界の都市人口が過半数を占める現代において、ますます重要な意味を持ってくるはずだ。

たとえば、ネジバナという多年草は、春から夏にかけて花が咲く。遠目にはわからないが、近づいてよく見ると、八ミリくらいの小さな花は、蘭《らん》の形をしていることがわかる。この花に、松の葉を挿し入れてみると、花粉塊《かふんかい》がくっついてくる。

花は、人間のために咲いているのではない。虫や鳥を呼び寄せるために咲いている。だから、植物をよく見るためには、虫の目線になる必要がある。近づいてみたり、花に入り込んでみたり、地面にへばりついたり……。

鹿谷庵の庭での観察会も、初めこそ大人は腕を組みながら話を聞いていたが、徐々に盛り上がってくると、大人も子どももしゃがみ込んで、這《は》いつくばり、地面に近づいていった。

二本足で立って、世界を見晴らす姿勢だった大人が、一時間後には両手を地面について、顔を草花に近づけ、夢中になって見入っていた。観察する人間の姿は、文字通り「謙虚」だ。主張するより耳を澄ますときのからだは、無駄な力が抜け、周囲に感覚が開かれている。
鹿谷庵の庭で、マンリョウやアカメガシワ、ムクノキの実生をみんなで探す。いつか鳥が運んできた種からの芽生えだ。庭をよく観察していくと、庭の外との繫がりも見えてくる。観察会の翌朝、鹿谷庵の小さな庭を一人で歩いていると、そこが広大な宇宙のように感じられた。

一一月一〇日（火）
法然院で木枠作り。はじめはノコギリで作業していたが、途中からNさんが持ってきたチェーンソーに切り替える。台風で倒れたヒノキを、造園の方が長さ二メートルに揃えた資材が境内にあり、これを使わせてもらえることになった。一メートルの長さにチェーンソーで切ってから、コの字型の木枠を作る。不揃《ふぞろ》いな木の形の偶然性が、必然的に嚙《か》み合っていく。木枠の形が徐々に定まっていく。およそ半日で木枠は完成した。この土地と出会って以来、初めて具体的に何かが形になった瞬間である。

梶田住職にこの場所を最初に案内してもらってから、このときすでに四ヶ月が経とうとしていた。作物はまだ何一つ植えられていない。あたり一面は落ち葉だ。唯一、ようやく形になったのが、この手作りの木枠だった。

一一月一四日（土）
子どもたち二人を連れて植物園へ。Jは新居から植物園まで歩いていけることが信じられないらしく、僕を見上げて「これって夢？」と聞く。
植物園では、地面に這いつくばって、草や土の匂いをかぐ。土を少し掘って鼻を近づけると、新鮮な土のいい香りがする。ロゼット状態になった草も、それぞれ違う匂いだ。僕が犬のように地面をかぎながら這い回っていると、子どもたちが背中に乗ってくる。周囲からは、僕が子どもたちをあやしているように見えるに違いない。おかげで僕は、安心して「観察」を続けることができる。

一一月一六日（月）
奈良の志賀直哉《しがなおや》旧居を訪問。奈良に向かう電車のなかで、『城の崎にて』を読む。生きていることと死んでしまっていることの間に「それほどに差はない」という感覚。この感じは、土の近くでは当たり前になる。土のなかではおびただしい数の生き物たちが、生きたり死んだりしている。二足で立ち、土から離れてしまうと、生と死が切り離せるような錯覚に陥る。それでも僕たちは、ハチやイモリと同じように、結局はいつか深い理由もなく、あっけなく死んでいくのだ。生きていることと死んでしまっていることの間に、それほど差はない——志賀直哉が描き出すこの感覚に、僕は静かなやすらぎを感じる。

一一月一八日（水）
落ち葉の堆肥化を促す「発酵液」を作るために、大文字山に湧水を汲みにいく。五〇〇ミリのペットボトルに、納豆一粒、プレーンヨーグルト、ドライイースト、白砂糖と湧水を入れる。これを五本つくって、日向《ひなた》に置く。数時間後にはペットボトルがパンパンになる。念のため室内に移動させてみる。原稿を書いていると、膨らんでいくペットボトルが、「パキ、パキ」と音を立てる。小さな生き物たちが、生きたり、死んだりしている。

一一月二一日（土）
芸大が企画した、ティモシー・モートンのオンラインレクチャーを見る。急な来客で一部聞き逃したが、通訳の言葉を待つモートンの表情や、選び抜かれた一つ一つの言葉が深く印象に残る。モートンの「話す」姿勢以上に、「聴く」姿から学ぶことがある。

オンラインレクチャー[4]の冒頭、通訳の音声がモートンのもとに届いていないというトラブルがあった。通訳される前のモデレータ（長谷川祐子《はせがわゆうこ》さん）の日本語の声だけを、モートンはしばらくじっと聴き続けていたのだ。

モートンは特に焦る様子もなく、ずっと穏やかな表情で正面を見つめていた。質問を投げかけても反応がなく、様子がおかしいと途中で感じた長谷川さんが、「Can you hear the translation?」と問いかけたとき、モートンは静かに「No.」と答えた。僕はこの光景に感動した。

みずから働きかけ、状況に干渉しようとするのではなく、未知の言葉に、ただ耳を傾ける。その姿勢は、モートンの哲学をそのまま体現しているように思えた。

「Geotrauma」と題された講義の主題は、「悲しみ（grief）」という人間の感情であった。「悲しみは人生の大きさをしている」と彼は語った。悲しみはちょうど一人の人生と同じ大きさをしている。だから悲しみの外に出て、これを俯瞰することはできない。人は、悲しみの渦中にいることしかできない。

「悲劇は、圧倒的に広大な喜劇の空間の、小さく、かぼそい断片に過ぎない」ともモートンは語った。悲しみを抑え込み、不安に目を背け、悲劇から逃れようとするのではなく、悲しみのなかにあらゆる感情が混ざり合っていることを、ありのままにゆるす。まるで賑やかな生態系のように、希望と恐怖と痛みと怒りと喜びと笑いがひしめき合う。これこそ「喜劇(comedy)」ではないか、と。

僕はこの話を聞きながら、悲しみは、感情の土壌なのかもしれないと思った。肥沃な土壌に、多様な植物が育っていくように、悲しみの土壌が豊かであればあるほど、そこに深い喜びや希望も育つ。

僕はまた、法然院の梶田住職の言葉を思い出していた。住職はかつて、「他者のために他者の安らかなることを悲しみ願う」ことこそ「悲願」という言葉の真意ではないかと語った。僕はこのとき、「悲願」という言葉の魂に、初めて触れたような気がした。モートンの哲学にも通じる、人間の「弱さ」に根ざした思想だ。

強くあろうとする自力への執着を捨てることは、諦めではない。僕たちは弱いからこそ、他者と悲しみを分かち合うことができる。弱いからこそ、周囲に耳を傾けることもできる。だが、現在の環境の危機は、まさにこれを怠ってきたことの帰結ではないだろうか。

農業史を専門とする歴史研究者の藤原辰史は、「「規則正しいレイプ」と地球の危機」と題した論考のなかで、地球環境の危機の核心は、二酸化炭素の排出量や地球温暖化そのものにあるのではなく、それを引き起こしている地球環境との関係構築の貧困さにあると喝破している。

自分をとりまくものの声に耳を傾けることなく、ただひたすら化石燃料に駆動された「高速回転」と「高速ピストン」によって、僕たちは自然環境を規則正しく、レイプしてきた。結果として地球が、「凍てついた空気で満たされている」ことこそ、「最近の地球の住み心地の悪さ」ではないかというのだ。

現在の地球環境の危機を、計算可能な数値の問題にすりかえ、「問題」の「解決」を声高に叫ぶこと自体、これが人間の「強さ」への幻想に囚われたものだとするなら、これもまた新たな形の暴力を招喚することにしかならないだろう。ダンスを踊るパートナーが、膝を痛めているからといって、相手の声も聴かずに手術を強要するとすれば、それは暴力でしかない。まずは痛みに寄り添うこと。思うように動けない悲しみを分かち合うこと。相互に感じ合う「ダンス」の関係は、そこから始まるのではないだろうか。

一一月二八日（土）

小倉ヒラクさんのワークショップ本番。

子ども二人を連れて慌ただしく準備をしていると、三島《みしま》さんや瀬戸さんが、「依存先を増やして！」「頼ろう、頼ろう」と、あたたかな声をかけてくれる。これからは「弱さの自覚」が大事だと、自分で言っておきながら、自分自身は相変わらず「強い」人間であろうとしていることに気づく。

午後一時半ワークショップ本番。

今回は告知などはなく、プライベートなワークショップの予定だったが、集合場所に行くとすでに、噂を聞きつけた近隣の家族などもいて賑やかだった。

はじめはパラパラと雨が降っていたが、ヒラクさんが到着した頃にはやみ、途中から見事な秋晴れになった。堆肥づくりワークショップと「菌を探そう！」ワークショップの二本立てだ。一歳児から大人まで、みんな心から楽しそうで、真剣で、夢中で、夢のような時間だった。最後に山の方からひらひらと落ち葉が舞い、これが本当に美しかった。子どもと大人が交ざり合い、遊びと学びが渾然一体とした、本当に豊かな一日だった。

まさか自分が堆肥づくりのワークショップを主催する日が来るなどとは、半年前には想像もしていなかった。

ゲストの小倉ヒラクさんの他にも当日は、法然院の梶田住職や、ミシマ社の三島邦弘《くにひろ》さんご一家、高知県土佐町からいらした瀬戸昌宣さんや、動物生態学者の中田兼介さんなど、かなり多彩なメンバーが集まった。どこかに一つの中心があるのではなく、あちこちにそれぞれの学びの場が立ち上がり、単線的な物語には集約できない賑やかな学びの場が立ち上がっていた。

堆肥づくりワークショップでは、ヒラクさんが堆肥の原理について講義をする間、子どもたちが木枠にせっせと落ち葉を集めていった。彼らの背丈を超える高さまで落ち葉が積まれ、いっぱいになると、上に登って踏みつけていく。二、三人で上から踏みつけ、溢れ出した落ち葉を下から押し戻す。祭りのようなかけ声が飛び交う。みるみるうちに落ち葉のカサは減り、再びみんなで落ち葉を運び込む。一メートル四方の空間に、こんなにたくさんの落ち葉が入るのかと驚く。

踏みつけるたびに落ち葉に水を混ぜ込み、途中で、事前に準備していた発酵液と、みんなが持参した生ゴミを混ぜる。四、五回これをくり返すと、木枠は落ち葉でぎっしりになった。園児や小学生たちがヒラクさんの講義をどこまで理解したかはわからないが、ただの遊びではなく、本物の「仕事」をしているという誇らしさが、子どもたちの表情に滲《にじ》み出ていた。

堆肥づくりの後は、菌を探すワークショップが始まる。シャーレに甘酒と寒天を混ぜて作った微生物のための餌に、それぞれ見つけてきた土やきのこ、ミミズの糞など、面白い菌が潜んでいそうな自然の断片を投入し、これを自宅に持ち帰り、観察していくのだ。また後日これをみんなで持ち寄る。

菌を探すときの子どもたちの姿が印象的だった。僕たちは見えないウイルスに感染するだけでなく、見えない微生物たちの活動に支えられてもいる。見えない生き物に怯える身体から、見えない生き物たちの祝福を受け取る身体へ。少しずつみんなのからだが、ときほぐされていくように感じた。

僕はこの日、自分からはほとんどたいした話をしていない。まわりで起きていることを感じ、ただじっと耳を澄ましていただけだ。他のみんなもそうだった。だからこそ、誰もが自分の存在がゆるされていると感じることができた。「あなたの声が聞こえています」と、互いに耳を澄まし合うこと。これこそ最も深い祝福なのではないかと、僕はこの日あらためて思った。

一一月二九日（日）
朝起きるとJが、ティッシュをじっと見つめながら「ティッシュにはどんなビセーブツがいるかな？」とつぶやいている。ヒラクさんのワークショップに参加して、四歳なりに想像力が刺激されているようだ。参加した子どもたちからも続々と「楽しかった！」の声が届く。

午後、鹿谷庵で小倉ヒラクさんと対談。「美味しい」という一つの評価軸でははかれない多様な食の喜び（pleasure）について語り合う。四時間夢中になって言葉を交わし、またの再会を約束して別れる。「imagine there's no repetition」という言葉を胸に、かたく、長い握手を交わす。次に会うときには、僕もヒラクさんも、別人である。いまがくり返されることは二度とない。

「Lockdown is Reopening, Reopening is Lockdown」と題したレクチャーの冒頭で、モートンが自作の詩を読み上げている。[5]

imagine there's no progress
imagine there's no speed
（……）
imagine there's no fossil fuels
imagine there's no neoliberalism
imagine there's no plantation
imagine all the lifeforms walking down the street

進歩がないと想像してみよう
加速がないと想像してみよう
（……）
化石燃料がないと想像してみよう
新自由主義がないと想像してみよう
プランテーションがないと想像してみよう
あらゆる生き物たちが、道を行き交っている風景を想像してみよう

いまこの世界にまだないものを想像するのではなく、いまこの世界にあるものが、もしもなかったらと想像してみる。「ひき算の想像力」を喚起するモートンのこの詩の朗読は、この後およそ三〇分にわたって続く。音楽のようなリズムが心地よく、次第にトランス状態になる。まるで読経を聴いているような感覚になる。

くり返しがないと想像してみよう

途中モートンはこの同じフレーズを三度くり返す。

imagine there's no repetition
imagine there's no repetition
imagine there's no repetition

目の前でどれほど素晴らしいことが起きていたとしても、僕たちはそれが「二度と起きない」可能性をあまり考えようとはしない。友人との愉快な会話も、家族との何気ないひと時も、夕陽《ゆうひ》も、落ち葉も、庭に訪れる野鳥も……。すべては明日、来年、あるいはまたいつか、再びくり返すのではないかと信じているのだ。

だが「くり返しがないと想像してみよう」。落ち葉を踏む音、金木犀《きんもくせい》の香り、星空、秋の木漏れ日……。目の前にあるすべてが、二度とないと想像してみる。不在を想うことを通して、存在に触れるレッスンである。

一二月一日（火）

ワークショップで作った落ち葉堆肥に、ビニールシートをかぶせる。ここに作物はまだ何もないが、新しいコミュニティが着実に育ちつつある。苗を作るより、土を育てるより前に、人と人との関係が育ち始めている。

春に「自宅幼稚園」をはじめ、夏に協生農法に出会い、いまこうして僕は、小さな堆肥の山の前に立つ。忙しく動き回ってきたが、自分にできることはわずかだ。

だが、僕はこの過程で、新たな喜びをいくつも知った。風が吹くこと。土中に幼虫が眠っていること。どんぐりが落ちてくること。ススキが光を求めていくこと。水を飲むこと。呼吸すること。野菜が育つこと……。そのすべてが面白く、本当にありがたいことだと感じる。

エコロジカルに生きることは、欲望を抑制することではない。それは、新たな感謝と喜びに目覚め、これを育てていくことである。

地面にミミズの糞の山ができるように、いま、ここに堆肥の山がある。これは、僕たちがこの土地で踊った、学びと生きる喜びの痕跡である。

冬

Alive

種子を土にまけば、生えるまでに時間が必要であるように、また結晶作用にも一定の条件で放置することが必要であるように、成熟の準備ができてからかなりの間をおかなければ立派に成熟することはできないのだと思う。だからもうやり方がなくなったからといってやめてはいけないので、意識の下層にかくれたものが徐々に成熟して表層にあらわれるのを待たなければならない。

——岡潔

一人の人間の生命維持に必要な一秒あたりのエネルギー量（代謝率）は、約九〇ワットだそうだ。ありふれた電球と同じくらいである。

ヒトだけでなく、あらゆる動物の代謝率は、からだのサイズでほぼ決まってしまう。具体的には、動物の代謝率は体重の四分の三乗に比例するのだという。体重が二倍になると、代謝率も二倍になるわけではなく、$2^{3/4}$倍、つまり、約一・六八倍にしかならない。サイズが大きくなればなるほど、生存に必要なエネルギー量は相対的に減少していくのだ。たとえば、体重四トンのゾウは体重四〇グラムのネズミの一〇万倍の体重だが、エネルギー消費は五六〇〇倍にすぎない[1]。

動物の代謝率は、その身体の大きさでほぼ決まる。ヒト以外の動物はみな、生来決められたこの代謝率の範囲で、いのちを何とかやりくりしているのである。

ところが人間は、技術によって拡張した身体を維持するために、生物としての代謝率の何倍ものエネルギーを消費するようになった。コンピュータを動かすにも、車を走らせるにも、エアコンをつけるにも、清潔な水を運ぶのにもエネルギーがいる。

現代の日本人が一日に消費する総エネルギー量は、食物を通して得られるエネルギー量の三〇倍以上にもなるという。自分の肉体だけを頼りに活動していた時代に比べると、まるで三〇人の奴隷を従えているかのような暮らしをしていることになる。(2)

このような奔放な暮らしは、いつまで持続可能なのだろうか。そんな漠然とした不安を抱えながらも、目の前にはそれなりに平穏な日常がある。春になれば春の花が咲く。川には清らかな水が流れ、畑の木々にはやわらかな果実が生《な》る。人間の放縦な暮らしぶりで崩れるほどやわではない自然の、変わらぬ風景が広がっている。そして、街は宴会で沸き、道路は車で溢れ、飛行機が世界中の都市を飛び交っていくのだ。

少なくとも、一年前まではそうだった。

だが、すべてが変わり始めている。どれほど花が美しくても、木の下に集い、肩を寄せ合って、酒を酌み交わすことはできなくなった。どれほど空気が澄んでいても、マスクを外し、互いに表情を見せあいながら歩くことはできなくなった。「このままではいけない」という内心の声に呼応するように、現実もまた「このままではいけない」と、語りかけてくるようになった。

どんな言葉よりも、深く人間を揺さぶる粒子。文字通り粘膜に張り付いてくるウイルスがもたらした現実は、人間の言葉にはない不思議な説得力で、僕たちに語りかけてくる。

このままではいけない。

いままでとは別の、生き方を探しなさい。

一二月八日（火）

朝、Jを連れて法然院へ。N先生、Kくん、Tくんも合流。小倉ヒラクさんのワークショップで作った堆肥の切り返しを行う。

ビニールシートを開け、落ち葉のなかに手を入れると驚くほどあたたかい。ショベルで切り返しを始めると、もんもんと湯気が立ち上ってくる。ブースターとして投入した発酵液のおかげか、ヨーグルトのような甘酸っぱい香りがする。落ち葉の上に座ると、天然の床暖房のようだ。ほかほかして心地よい。

この日、法然院に集まったのは、動物生態学者と書店員、出版社社員と幼稚園児だった。

堆肥作り開始から一〇日目の朝、僕たちは落ち葉を掻き出し、攪拌《かくはん》し、再び木枠のなかに押し込んでいった。まるで微生物が発する熱に感染したかのように、夢中になって落ち葉を踏みしめていく。

生きているだけで熱を発しているのは、微生物も人間も同じだ。見えない微生物の活発な生きる力が、ほどよい温もりに翻訳されて皮膚に伝わってくる。人肌ではなく、あくまで微生物の発酵熱だとはいえ、生命の「熱気」に包まれる感覚を久しぶりに味わう。

木枠のなかで密接した落ち葉は、何度も踏みつけられて密集していく。これにバケツでくり返し水をかけ、最後にビニールシートをかぶせて密閉しておく。「密」な環境が、微生物たちの活動を刺激していく。

一年前まで僕は、寺やライブハウスや書店などで、そのときどきのご縁に導かれて、人前でトークすることを生きがいとしていた。人が集う空間の熱気を、いまは遠い記憶として思い出すことしかできない。

生物が密集すれば、様々な感染が起こる。細菌やウイルスに感染することもあれば、アイディアや思想に感染することもある。不安や恐怖が伝播《でんぱ》することもあれば、あたたかな感謝の気持ちや生きる喜びが伝染していくこともある。

感染の急速な伝播を可能にするのは、関係の濃密なネットワークである。都市の活気や経済生産性、アイディアの豊富さを支えるのと同じネットワークが、ウイルスの伝染や、フェイクニュースの拡散の背景にもある。そのため、ウイルスの感染拡大を抑え込むために関係を断ち切ることは社会と経済の活気を減衰させることにもなる。

理論物理学者のジョフリー・ウェストは著書『スケール』のなかで、平均賃金やレストランの数、特許産出数や国内総生産（ＧＤＰ）など、都市の活気と密接にかかわる指標のどれもが、都市の規模と驚くほどきれいに相関する事実を紹介している。

都市の規模が大きくなればなるほど、特許の数もＧＤＰも増える。ただし、人口が二倍になると、ＧＤＰも二倍になるわけではなく、特許の数やＧＤＰは、都市人口の一・一五乗に比例する。すなわち、都市の人口が二倍になると、特許の数もＧＤＰも、レストランの数も平均賃金も、すべてがおよそ$2^{1.15}$倍、すなわち二・二倍以上になるのだ。サイズよりもゆっくり増大する動物の代謝率とは逆に、都市の活気は、サイズよりも速く増大していく。

ＧＤＰから特許産出数に至るまで、これほど多くの指標が、単純な数学的規則に従っているのは驚きである。実際、「アメリカの都市規模がわかれば、八〇から九〇パーセントの精度で、平均賃金、特許出願の数、道路の総延長、ＡＩＤＳ患者の数、暴力犯罪の件数、レストランの数、弁護士や医者の数などを推定できる」という[3]。

何がこの規則性を生み出しているのだろうか。規則性の背景にあるのは、社会的ネットワークの構造である。都市のなかでの人と人の相互作用が、都市の活気の源泉なのだ。この相互作用の数は、都市のサイズの増大よりも速いペースで増える。

たとえば、たった二人しかいない「社会」を想像してみよう。そこでは、この二人の間のただ一つの関係があるだけだ。ところがここにもう一人加わるとどうか。はじめの二人の間の関係のほかにも、二人目と三人目の関係、一人目と三人目の関係が出てくる。このような二者の関係を、ネットワーク理論では「リンク」と呼ぶ。リンクの数は、社会を構成する人の数が増えるよりも圧倒的に速いペースで増大していく。

正確には、n人から構成される社会のリンク数はn(n－1)/2になる。たとえば四人家族ではリンク数が六、八人家族では二八だ。家族のサイズが倍になっただけで、関係の数が五倍近くに増える。

人と人の関係が増えると、社会の「熱気」が高まる。気体や液体のなかで分子が激しく動き、分子間の衝突率が高い状態は「温度が高い」と言われる。都市の規模が大きくなるとともに、加速度的に人と人が出会う頻度が高まる。これを「都市の温度」の高まりとしてイメージすることは、それほど的外れな比喩ではないだろう。

人は「熱気」を求めて、都市に集結していく。ある意味では、感染を求めて都市へくり出していくのだ。素晴らしいアイディア、洗練されたファッション、素敵なレストラン、ライブの熱量……。他者と接触し、その感性や思考に感染しながら、自己の感覚が揺さぶられる。そういう刺激的な体験を求めて、人は都市に惹きつけられてきたのではないか。

だが、都市の熱気を生み出すネットワークの力学は、同時に、感染症の拡大や犯罪やストレスの増大をもたらす。アイディアの拡散も、ウイルスの伝染も、同じネットワークを乗り物にしている。人間にとっての善し悪しと関係なく、都市を構成する社会的なネットワークは、あらゆる感染を媒介していくのだ。

ウイルスを避け、有用な感染だけを維持しようと、たとえばオンライン空間に退避を試みたとしても、そこでもまた、目の覚めるようなアイディアと同じように、今度は陰謀論や、フェイクニュース、憎悪や怒りの感情が、同時に拡散されていく。

感染が、そもそも社会的なネットワークの持つ性質だとすれば、僕たちがいま経験しているのは、現代文明が構築してきた社会的なネットワークの、過剰なまでの威力なのである。

一二月一二日（土）

敬愛する土の研究者、藤《ふじ》井《い》一至《かずみち》さんとオンラインで対談。テーマは「人の感性×土の知性」。コーヒースプーン一杯の土にはおよそ五〇億のバクテリアがいる。人間の脳の神経細胞の数がおよそ一〇〇億なので、コーヒースプーン二杯の土が、脳と同じくらい複雑な情報処理をしていてもおかしくないと藤井さんは語る。
豊饒《ほうじょう》な複雑性を内包する土が、大気の循環を支え、植物の生長を促している。人間には理解しきれない方法で、驚くべき仕事を成し遂げている。土にもまた、「知性」があるのだ。

人間の力で、天然の知能を模倣するのが「人工知能」の研究だとすれば、藤井さんは、人間の力で、天然の土の力を再現する「人工土壌」の研究に挑む。

いまだに、人間の力で土を作ることはできないという。一〇〇年から一〇〇〇年かけて一センチずつ形成される土壌は、「多くの生き物の合作」だと藤井さんは語った。

土にも元気な土とそうでない土がある。だが、「土の活気」を理解することは、「都市の活気」を理解する以上に難しい可能性がある。

何しろ、都市における人間の行動については膨大なデータがある。実際、地球の人口を超える数の携帯電話から各プロバイダへと、いまもリアルタイムで大量のデータが送られ続けている。この豊富なデータのおかげで、様々なモデルや仮説を検証するコストが、格段に低くなってきている。

他方で、土中環境で何が起きているかを、監視し続けることは容易ではない。なにしろ、土中の微生物にスマホを持たせるわけにもいかない。そもそもたった一グラムの土にも千種類以上の微生物がいて、そのほとんどがまだ名もない微生物なのだ。(4) 土中の微生物の大部分については、まだその実態はほとんどわかっていないのである。

それでもたしかなことは、「元気な土」が、単にカルシウムやリン、カリウムなど、植物にとっての必須養分を添加するだけでは作れそうにないことである。土のなかでは鉱物と有機物が雑《ま》ざり合い、生きているものと死んでいるものが混淆している。土壌有機物の最大八〇パーセントは微生物の死骸であるという報告もある。(5) そこに細菌やカビ、酵母、キノコなどの菌類、さらに藻類、原生動物や、ミミズ、トビムシなどの土壌動物がひしめいている。この複雑な相互作用の場は、いくつかの要素を人間が外から注入するだけでは、簡単に再現できそうもない。

都市についてもそうだが、土についても、何かが「alive である（＝生き生きしている、活発である、潑剌《はつらつ》としている、元気である）」ための条件を特定することは、とても難しい。「alive」であることに比べると、「survive（＝生き延びる、生き残る）」しているかどうかの方が、客観的に見極めやすい。事実、パンデミックを「生き延びた」のが何人かについての統計は残るが、パンデミック下で人がどれだけ「元気」だったかは数字として記録されない。その結果、僕たちは無意識のうちに、「生存」のために「活気」や「元気」を犠牲にすることになってはいないだろうか。

教室で互いに表情を見せ合うことも、肩を寄せ合うことも許されなくなってしまった子どもたちの「aliveness」は、どのように変容していくのだろうか。「元気」を奪われていく子どもたちに、将来の「生存」のためにと「学力」だけを注入していくことは、土中の微生物が少ない痩《や》せた土地に、化学肥料を撒《ま》き続けることにどこか似ている。

過剰に肥料を投入された土地は、やがて表土を失い、地中に浸透した化学肥料は、河川や海洋を汚染していく。学びの進度や学力など、目に見える数字だけを追いかけ、子どもたちを取り囲む環境を育てていくことを怠れば、後に思わぬしっぺ返しを食うことになる。

肥料を増やすことより先に考えるべきは、土を肥沃にすることである。どうすれば人が「元気」であれるかをこそ、真剣に考えていく必要がある。

一二月一四日（月）
「英イングランドの一部で新型コロナウイルスの変異株が急速に広がっているのが確認されたと、マット・ハンコック保健相が議会下院に報告」（ＢＢＣニュース）
Ｒ（次男）が、積み木を初めて自力で重ねられるようになった。

一二月一七日（木）
朝、雪。子どもたちは早朝から大興奮。
幼稚園への道中、長男が「雪の方が世界が綺麗《きれい》だね」と上機嫌な様子。
午前一〇時～午前一一時　生命ラジオ。
午後七時～午後九時　澤田智洋さんと対談。

一二月から、周防大島に住む中村《なかむら》明珍《みょうちん》さんとともに「生命ラジオ」というオンラインの学びの場を立ち上げた。パンデミックや気候変動など、環境の未曾有《みぞう》の大変動を前にして、これまでの常識を少しずつ解きほぐしながら、あらためてこの時代を「どう生きるか」を、根本に立ち返って再考していくゼミだ。週に一度のラジオ形式の音声配信とともに、月に一度オンラインで集い、各地から参加しているメンバーとともに、食べること、住まうこと、生活することのレベルから、暮らしを新たに編み直していく試みをしている。

明珍さんは二〇一三年までロックバンド「銀杏ＢＯＹＺ」のギタリスト・チン中村として活躍していた経歴があり、いまは山口県・周防大島で農業に取り組みながら、同時に僧侶としての顔も持つ。「生命ラジオ」のメンバーは、周防大島で農業など様々な職業を営む明珍さんの知人をはじめ、海外も含めた各地から、多様な背景の人が集まってきている。

幼少期はシカゴで生まれ育ち、その後、一〇歳から大学まで東京に住んでいた僕は、これまで農村とはほとんど接点を持たない生活をしてきた。それだけに、周防大島で農業に励む仲間との交流は、僕自身にとっても得難い学びの機会になっている。

一二月二一日（月）
欧州各国、イギリスからの渡航を相次ぎ禁止　新型ウイルスの変異種を懸念（BBCニュース）

一二月二二日（火）
朝、再びJを連れて法然院へ。落ち葉置き場に新たに運び込まれた紅葉に霜が降りていて美しい。ここ数日の寒さのためか、堆肥は前回のような熱は帯びていない。
周防大島の宮田《みやた》さんから、「島の定期便（一二月号）」が届く。Jは大喜びでさっそくネギを切り始める。ネギの緑の部分は鶏肉とキャベツのポン酢炒めのトッピングに。白い部分は味噌《みそ》汁の具に。生産者の顔を思い浮かべながらいただく野菜は、しみじみとありがたく美味しい。
食後、詩集『聲《こえ》』（石原弦《いしはらげん》、あさやけ出版）から、Jと「いい日」を朗読。録音し、野菜のお礼のメッセージを添えて、宮田さん夫妻に送る。


周防大島の宮田正樹《まさき》さん・喜美子《きみこ》さん夫妻が営む「野の畑　みやた農園」から月に一度自宅に送られてくる「島の定期便」が、数年前から我が家の大きな楽しみである。

宮田さんは二〇一三年の春に周防大島に移住し、耕作放棄地を重機を使わずに自力で開墾した後、無農薬・無化学肥料・不耕起にこだわり、野菜を育てる生活をしている。肥料は地元の浜辺に打ち上げられた海藻と海水、そして竹を中心に土にかえっていくものだけを使う。機械を使わないのは、初期費用のかかる重機に頼らず、からだ一つで食べていけるとみずから示すことによって、農業を志す人が増えてほしいと願っているからだ。

中村明珍さんの紹介で宮田さんに初めてお会いしたのは二〇一五年の春だった。宮田さんは、「土に近い」という意味で文字通りの「謙虚さ（humility）」を体現している方だ。その日も、訥々《とつとつ》と語られる一つ一つの言葉が心に響いた。特に、「いのちに近い仕事ほどお金が動かない」という言葉は、僕の心に深く刻まれた。

だが、宮田さんはただ正しく、謙虚に生きているだけではないのだ。畑について語るとき、あるいはそこで見た植物や虫たちの姿を語るとき、宮田さんは全身で、その喜びを表現している。野菜を育てることが、生産性や効率より前に、まずは何よりも「喜び」なのだと、いつも僕に教えてくれる。
二〇一七年の夏に長男を連れて、宮田さんの畑を訪れたことがある。そのときまだ一歳半だった長男は、自分でもぎとったキュウリをその場で口にくわえて、夢中になって食べた。畑を通じて表現された喜びに、彼もまた感染したのだ。Ｊがいまも野菜が大好きなのは、このときの体験が原点にあるからだと思う。

一二月二七日（日）
朝、ＪとＲと高野川《たかのがわ》を散歩。
昼食後、鹿谷庵に移動。カブトムシとクワガタの寒さ対策のため、虫かごを段ボールのなかへ移動（今夜は氷点下の予報）。

一二月二九日（火）
『計算する生命』の初校ゲラの見直しが完了。これから一つずつ赤字を入れていき、年明けにゲラを戻す。

一二月三一日（木）

朝、雪。子どもたちと雪だるまを作る。
朝食後、鹿谷庵に家族で移動して掃除。
夕方、帰宅。何年かぶりに家族で紅白を見る。今年は紅白も無観客。
去年まで当然のようにくり返されていた風景が、二度とくり返されない可能性がある。そう思うと、歌う方も、見る方も、いつも以上に真剣になる。

一月一日（金）
「生きていくんだ　それでいいんだ」
昨夜紅白で聞いた歌を、長男と朝から熱唱する。次男も踊る。

一月四日（月）
『計算する生命』初校ゲラの直しが無事に終わり、東京へ送る。

一月七日（木）
朝目覚めると、アメリカ連邦議会議事堂占拠のニュース。次々と流れてくる議事堂占拠の映像に、言葉にならない衝撃を受ける。

鹿谷庵へ移動。今年最初の「生命ラジオ」収録・配信。

一月八日（金）

久しぶりの幼稚園。

園に向かう道中、Jが聞いてくる。

「ちきゅうじょうの人間がみんな死んだら次はなにが誕生するのかな？　また恐竜かな？」

僕「人間がいなくなったら、道路から車も自転車もなくなって、いまとはまったく違う風景だろうね」

J「そしたら自由に歩けるね。アリさんとかカタツムリくんとかも」

この日、新型コロナウイルスの感染再拡大を受け、二度目の緊急事態宣言が発出された。テレビでは連日、感染者数や死者数の報道が続いている。そんななか、朝の長男の、何気ない言葉にハッとさせられた。

はじめ彼が「そしたら自由に歩けるね」と答えたとき、その主語は彼自身だと思った。人間がいなくなった後でも、自分は自由に歩けるつもりだというのが、いかにも子どもらしい発想だと思った。だが、その後に続く彼の言葉を聞いて、僕は自分の浅はかな発想を恥じた。

人間の「生存」が何よりの価値であることが自明とされる世界で、人間でない生き物に対する暴力に、僕たちはあまりに無関心である。人間同士では「三密を避けよう!」と呼びかけながら、家畜は狭い畜舎に押し込められる。マスクをしていないことが犯罪であるかのように見られかねない世界で、一年で一五億枚以上のマスクが、海に捨てられている。

子どもたちは、動物や植物に対しても、人間と同じ言葉で語りかけていく。アリやカタツムリが「自由に歩ける」ことを、人間の幸福と同じように喜ぶ発想には、単に「幼い」の一言では片付けられない、自然界に対する敬意が込められている。

ネイティブアメリカンの多くの言語では、家族について語るのと同じ言葉で、動物や植物について語るのだという。ネイティブアメリカンの祖父を持つ植物学者のロビン・ウォール・キマラーは著書『植物と叡智《えいち》の守り人』のなかで、祖父の言語と、自分が日常的に使っている英語の違いについて、様々な興味深い事実を指摘している。

たとえば、彼女の祖父が話したポタワトミ語では、リンゴについて問うとき、「それは誰ですか?」と尋ねる。これに対して、「Mshimin yawe（その人はリンゴです）」と答える。「yawe」は、人間だけでなく、虫や植物、岩や山など、生命と霊魂を宿すすべてのものに対して等しく使われる言葉だ。

英語では人間について問うときは「who」を、人間でないものについては「what」を用いる。人間と人間でないものの区別が、すでに言葉のレベルに組み込まれている。

木を「彼女（she）」ではなく「それ（it）」と呼ぶとき、自分と木のあいだに画然とした境界線がひかれる。そして、自分は木を支配する側に立つ。

宮田正樹さんは耕作放棄地を開墾するとき、一つ一つの木に、まるで人間に話しかけるように、感謝と謝罪の言葉を伝えるという。切られた木は、宮田家の風呂を温める薪《まき》となって、その後も大切に使われ続ける。

樹木や大地への礼儀を尽くすためには、樹木や大地にもまた、人間に対するのと同じ言葉を使う必要があるのかもしれない。

だが、ポタワトミの人々が、動物や植物や岩石に家族と同じ言葉で呼びかけるのは、ただ自然を家族と同じように大切にするためだけではない。彼らは、それ以前に、鳥や木々や川の方からも愛されていると感じているのだ。

ポタワトミに伝わる神話によれば、天から舞い降りた一人の女性「スカイウーマン」が大地に蒔いた果実や種子から、野草や木々や薬草など、あらゆる動物の生を支える恵みが育っていったのだという。大地からの恵みはすべて、スカイウーマンからの原初の贈り物だったのである。

贈り物に対する感謝の気持ちが、ポタワトミの人々の生活を支えている。彼らは、受け取ってしまったギフトへの返礼として、それぞれにみずからの役割を果たすべくして生きる。受け取った以上のものを返す。自分が来たときよりもよい場所にしてその場を去る。感謝に根差した行為の蓄積によって、よりよい世界が未来へと受け渡されていく。

現在と未来をつなぐことができなければ、文明を継承していくことはできない。そのため、あらゆる文明は、現在を未来につないでいくための工夫を、それぞれのうちに内包している。

たとえば、中世の封建社会では、伝統や慣習がこの役割を果たしてきたと、倫理学者の加《か》藤尚武《とうひさたけ》は著書『現代倫理学入門』のなかで指摘している。

封建的なシステムでは、世代間のバトンタッチという形で倫理が出来上がっている。古い世代は新しい世代にあらゆる仕事を押しつける。たとえば結婚は当人の幸福のためにするものではなくて、家という世代間の連続を支えるために行なわれる。古い世代は未来世代の利益を代弁してもいる。（……）つまり封建倫理は単に古い世代の支配だというのは、近代主義者の偏見であって、封建倫理は未来世代のための倫理でもあったのだ。「家」という観念には、未来世代の繁栄を願う気持ちが含まれていた。(6)

近代社会は、封建社会を縛るこうした伝統や慣習からの自由を志向し、あらゆる約束や契約、投票や訴訟、立法などの合意を、同じ世代間の関係で成り立たせてしまう世界を構築してきた。すべてを同世代間の契約で進めていくこの社会では、古い世代からの束縛に遠慮する必要はない。

だが、「古い世代」が、実は未来世代の利益を代弁していたのだとすれば、過去世代との断絶は、逆説的にも未来世代との断絶に帰結する。近代社会において、この断絶を埋める役割を果たしてきたのが、「進歩」という理念だった。

加藤は同書のなかで、進歩という理念は、近代社会の「共時性を補う通時性として導入されてきた」と語る。[7]未来が常にいまよりもよくなっていくという信念のもとでは、未来世代と現在世代との通時的な利害の一致が、少なくとも建前の上では成立していた。

ところが、この「進歩」という理念は、すでに機能不全をきたすようになって久しい。「進歩」の名のもとに行われてきた活動の多くが、実際には未来世代の生存条件を悪化させてきたことが、様々な場面で明らかになってきているからである。

進歩という理念の虚構性が暴かれたいま、いかにして僕たちは、現在世代と未来世代をつなぐ、「世代間の倫理」を実現すればいいのだろうか。

キマラーが言う「感謝」は一つの手がかりになるかもしれない。あるいは、加藤は同著で、アメリカの環境倫理学者フレチェットが着目する「恩」の概念に言及している。

「先祖の昔の恩に、子孫に同じだけ、もしくはそれ以上のことをしてあげることによって、お返しをする」。これが「恩」の概念である。これをフレチェットは「世代間相互性の日本的概念（the Japanese notion of intergenerational reciprocity）」と呼ぶ[8]。

肝心なことは、未来世代からの制裁を恐れて、恩返しが始まるのではないことである。自分が受け取った以上のものを返したいという、自発的な思いから恩返しは始まる。未来世代の生存条件を不当に剝奪していることへの罪の意識より、現在自分が受け取っている恵みに対する感謝の思いの方が人を強く突き動かすことがある。

未来からこんなに奪っていると、自分や、子どもたちに教えるより前に、いまこんなにも与えられていると知るために知恵と技術を生かしていくことはできないだろうか。

自分でエネルギーを生み出すことができない人類が、この地上で生きることができているのは、驚くほど多くのものを、自然から与えられてきたからである。自分は恵まれている、祝福されているという原初的な感覚を子どもたちが感じられるような環境を整えていくために、自分もできる限りのことをしたい。

環境教育の第一線で活躍するアメリカのデイヴィッド・ソベルは、「正しい」事実だけを性急に子どもたちに伝えようとする環境教育は、結果的に子どもたちを自然環境から遠ざけることになりかねないと指摘する[9]。部屋に閉じこもって熱帯雨林の心配をするより、身近な自然と遊ぶ喜びを知ることが、子どもたちにとっては必要なのだ。恐怖と心配よりも前に、まずは生き物と出会う喜びを知ること。自然に愛されているという感覚を持つことができて初めて、人は自然を愛することができるようになる。

一月一三日（水）

「生命ラジオ」の番外編企画で、オンライン味噌作りワークショップを開催。昨夜から水に浸《つ》けていた大豆を、今朝は早起きして大鍋で三時間かけて煮る。

オンラインワークショップなので、全国の参加者がみな同じタイミングで大豆を潰し始める。僕の大豆はまだやや芯が残っていたため、なかなか潰れなかった。

途中からマッシャーの代わりに、近くにあった木片にラップを巻いて、必死になって大豆を潰す。味噌作りを指導してくれたMさんは最初、「どう転んでも失敗はしませんから」と心強い言葉を投げかけてくれたが、終了後、「森田さんのは味噌になるかわかりませんね」と笑った。さて、半年後にどうなるだろうか。

帰宅後、夕食に味噌汁を飲む。自分で味噌作りをした後なので、しみじみとありがたくうまい。「こんなに美味しい味噌を作るなんてすごいことだ！」と、味噌の生産者に心からの敬意と感謝を込めて味わう。

先日、何年かぶりに、岡潔の最初のエッセイ集『春宵十話』を読んだ。二〇代の頃に何度も繰り返し読んだため、すでにボロボロで至るところに線が引かれている。
だが今回、自分でこれまでまだ線を引いたことのなかった、ある一節に目が留まった。二〇代の自分が、なぜこの言葉に反応しなかったのかと不思議に思われるくらい、いまの僕には深くしみこんできた。

種子を土にまけば、生えるまでに時間が必要であるように、また結晶作用にも一定の条件で放置することが必要であるように、成熟の準備ができてからかなりの間をおかなければ立派に成熟することはできないのだと思う。だからもうやり方がなくなったからといってやめてはいけないので、意識の下層にかくれたものが徐々に成熟して表層にあらわれるのを待たなければならない。

僕たちはどう生きるか。
いつの時代も、人はこの問いと向き合ってきた。この問いに対するそれぞれの答えが、一つ一つの人生を形づくってきた。

だが人生は完結し、生の終焉《しゅうえん》とともに、そこで閉じるのではない。花が枯れ、結実した一つの生は、また新たな種子を生んで、誰かの心の大地に降り立っていく。

僕もまた、先人の生に励まされながら生きてきた。何かを思うとき、どこからか飛来してきた思考の種子が、心の土からひょっこりと芽を出す。何かを自力で考えることに先立ち、すでに僕は、先人の言葉と思考の賑わいのなかにいる。

まっさらに見える大地のなかにも、数え切れないほどの草花の種子が眠る。僕たちの心にもまた、自分の知らない他者から贈られてきた種子が、静かに花開くときを待ち続けている。

一月三〇日（土）

夏から冬までたくさんの果実を実らせてくれた鹿谷庵の裏庭のトマト。今日は残っていた青い実を、JとRと畝《うね》に埋めていく。

「種子を土にまけば、生えるまでに時間が必要である」

春の到来を、楽しみに待つ。

再び、春

Play

明らかに自己破壊に夢中なこの世界について説明を求められたとき、父は息子に何を語ることができるだろうか。

――ペンギン・ブックス 公式ウェブサイト『Bewilderment』（リチャード・パワーズ著）紹介文

二度目の緊急事態宣言が発出された冬、僕は春に出る新刊の執筆に没入していた。ほとんど引きこもりの状態が数ヶ月続いたあと、三月の上旬、ついに原稿が完全に手を離れた。

同じ頃、秋に鹿谷庵で孵化《ふか》したカブトムシの幼虫二〇匹が、みな無事に冬を乗り越え、再び活動をはじめた。

啓蟄《けいちつ》——冬籠りの虫たちが、這い出てくる季節。

僕も、気持ちは一挙に春になった。

草花の勢い。生命の賑わい。多様なスケールで流れていく時間の奔出。毎年のことなのに、春の到来にはいつも驚かされる。

ユリノキの枝先で冬芽が開く。若葉が踊る。ロゼットになって地面に張り付いていたハルジオンが背高く立ち上がる。タンポポが太陽を探してからだを揺らす。虫が目覚める。

気象庁は三月から五月を春と規定している。だが、地球と太陽の天文学的な位置関係だけで、春が春になるわけではない。星の配置がもたらす変化を合図に、地上のあらゆる営みが呼応し、新たな季節が奏でられていく。

花の色にハチが誘われる。果実の呼びかけに鳥が応じる。ハチの訪問に花がまた応え、鳥の運ぶ種子を土が受け止める。季節はまるでダンスのようだ。どこか一場面だけ切り取ってもそこに季節はない。

地球が太陽との関係で同じ位置に回帰するたび、少しずつ違う季節が奏でられてきた。いまの子たちが大人になる頃、彼らはどんな季節を生きているだろうか。

三月二九日（月）

アスパラガスが芽を出していた！　さっそくJが一本収穫。そのままキッチンで炒め始める。とれたてのアスパラ。昨年定植し、今年初めての収穫。驚くほど美味しい！

【京都の桜が過去一二〇〇年で最も早く満開に、気候変動の徴（ワシントンポスト）[1]】

去年の春に開墾し、慣行農法でトマトやバジルを育てるところから始めた「もりたのーえん」。今年は去年の倍の大きさにスペースを広げ、船橋さんの協生農法にならい、様々な野菜やハーブ、果樹などを混生させて、成長と変化を見守っている。

アスパラ、トマト、カブ、カボチャ、レモン、パクチー、リーフレタス、キイチゴ、山椒、大葉、イタリアンパセリ……。小さな土地に、種子や苗が賑わう。

具体的なことは、実際にやってみなければわからない。難しく考えるのはやめて、ひとまずいろいろ育ててみるのだ。

去年から育てているアスパラの周りには、エノコログサやキュウリグサ、ホトケノザなどの草がひしめいている。例年はこの時季になると一度徹底的に草を刈っていたのだが、最近はどの植物もその変化を追うのが楽しく、無闇に抜けなくなってしまった。これを無秩序ではなく「にぎわい」として喜べるようになったのは、植物のことを少しずつ知るようになったおかげだ。

四月二二日（木）

J「（綿毛を指しながら）タンポポって、おじいさんとおばあさんになったらこうなるんじゃない？　おじいさんとおばあさんになって、人間にふぅってされて、天国に飛んで行って……」
妻「飛んで行ったらどうなるのかな？」
J「またタンポポになるんじゃない？」

四月二三日（金）
東京都、京都府、大阪府、兵庫県に緊急事態宣言発令。

日記をつけはじめて一年。パンデミックが終息する目処《めど》は立たない。第三波、第四波と流行をくり返しながら、ウイルスは不気味な変異を重ね、新たな宿主を探し求めて増殖し続けている。ワクチンは驚くべき速度で実用化されたが、ウイルスもこれに負けない速さで変化に適応しようとしている。生き延びたいともがき続けているのは、人間もウイルスも同じなのだろう。

人間活動の増大の結果、比較的気温の安定していた「完新世」が幕を閉じ、「人新世《じんしんせい》」とも呼ばれるこれまでとは地質学的に異なる時代の幕が開いたと言われている。海洋の循環や季節の訪れ、虫たちのざわめきや、畑の実り……人間の生存を支えてきたすべてが、これから果たしていつまで、これまでと同じように反復していくのか、確かなことは誰にもわからない。これほど物理的に何もかもが激しく変化していく時代を、人類はまだ経験したことがない。

環境の問題は、同時に心の問題でもある。月を見上げ、風に揺れる緑に心を寄せ、土を踏みしめながら生きてきた人間の心は、ただ「内面」にだけ閉じこもることはできない。人の心は、いつもこれをとりまくものと地続きである。だから、環境が崩れることは心が壊れることである。森や海だけでなく、人間の心が壊れないためには、木を植えるだけでなく、新しい言葉と思考の種子を、蒔き続けていかなければならない。そうして、新しい現実になじませていくように、僕たち自身もまた生まれ変わっていくのだ。

強い主体として自己を屹立《きつりつ》させるのではなく、むしろ弱い主体として、他のあらゆるものと同じ地平に降り立っていくこと。自己を中心にして、すべての客体《オブジェクト》を見晴らそうとするのではなく、大小様々なスケールにはみ出していくエコロジカルな網に編み込まれた一人として、自己を再発見していくこと。強い主体から弱い主体へ。このような認識の抜本的な転回（turn）は、僕たちの心が壊れないために、避けられないものだと思う。パンデミックの到来とともに歩んできたこの一年の日々は、僕自身にとってもまた、言葉と思考のレベルから「エコロジカルな転回」を遂げようとする、試行錯誤の毎日だった。

昨春書き始めた日記には、この転回のプロセスの軌跡が記されている。そこには、気候変動や感染症についての報道や情報の記録とともに、他愛もない子どもたちとの遊びや実験の記憶が刻まれている。危機と遊びが隣り合わせであること、危機が深まるほど日々が遊戯的になることは、危機のなかで生まれ変わっていこうとする毎日のなかで、ほとんど避けられない必然であった。

四月二四日（土）
鈴木純さんの昨日のオンラインレクチャーに影響を受け、鹿谷庵で子どもたちと、ドクダミの根をなるべく切らないように掘り出すワークショップを開催。地上では分かれているように見えるドクダミも、地下では意外と遠くまで繋がっている。虫を見つけたり、水で遊んだり、脱線をしながら一時間ほどかけ、何株も繋がったドクダミの根をみんなで掘り出す。何を生み出したわけでもないが、達成感がある。

ティモシー・モートンは今年に入って、人類学者で作家のドミニク・ボイヤーとの共著で『hyposubjects』という本を出した。これは、ハイパーオブジェクトの時代に、どのような「主体（subject）」として生きていくかを模索するかなり実験的な著作だ。

本を書くという行為そのものを編み直していこうとする二人は、一人称を共有するという遊び心に溢れたスタイルでこの本を書き進めていく。二人の著者が「私たちは」と名乗る代わりに、「私は」と同じ一人称を分かち合うのだ。このため、「私は完全に同意だ。私はまったく同意できない」といったような矛盾した文も平気で書けてしまう。首尾一貫した一人の「強い主体」としての著者という観念を打ち破る試みである。

表題にある「hyposubject」は、「hypersubject」に対置される概念だ。ハイパーオブジェクトの時代に、それでもなお意味の主宰者であり続けようとする「強い主体」を、著者は「hypersubject」と呼ぶ。これに対し、「hyposubject」とは、全体を俯瞰できない自己の弱さと不完全さを受け入れて生きていく「弱い主体」だ。

「hyper」が「超越」を意味する言葉なのに対して、「hypo」は、「下、下方、低い」を意味する。ハイパーサブジェクトは命令し、支配し、超越的な立場から全体を見下ろそうとするが、そんな彼らの時代は、ハイパーオブジェクトの顕在化とともに終焉を迎えなくてはならない。どれほど命令し、支配し、超越しようとしてもなお、ハイパーオブジェクトは視界の外から侵入してきて、世界を完結させようとするあらゆる試みを無残にも引き裂いていくからだ。

とすれば、ハイパーオブジェクトの時代の主体は、むしろ自己を徹底的に弱くしていくしかないのではないか。本書でモートンとボイヤーはこの可能性を追求する。ここで、「遊び(play)」が、重要なキーワードになる。

「遊び」とは既知の意味に回帰することではなく、まだ見ぬ意味を手探りしながら、未知の現実と付き合ってみることである。それは、みずから意味の主宰者であり続けようとする強さを捨てて、まだ意味のない空間に投げ出された主体としての弱さを引き受けることである。意味の全貌を見晴らせないなかで、それでも現実と付き合い続けようとする行為は、自然と「遊び」のモードに近づいていく。

それはいつも子どもたちが僕に教えてくれることでもある。

指をしゃぶり、椅子の下に潜り、スプーンを投げ、食器を叩《たた》く。まだ意味がわからない対象を、舐《な》め、咥《くわ》え、叩き、投げ、転がしながら、目の前の現実をいままでよりよくわかろうとする幼子の姿は、モートンが言う「遊び心(playfulness)」の生きたモデルだ。

既存の意味が安定していた世界では、遊びはあくまで真面目な仕事からの逸脱であった。だが、これまで意味として信じられてきた世界が崩れていくとき、既知の意味に回帰しようとする生真面目さの方が、かえって命取りになる。

大人と子どもが同じ場を共有するとき、しばしばその場を支配するのは子どもたちだ。大人は、自分こそが意味の主導権を握っているつもりである。椅子は座るもので、テーブルは食事をするためのものだ。意味を一望できる「ハイパーサブジェクト」として、大人は子どもたちの前に君臨している。

ところが子どもたちはその同じ場にいて、すべてを思わぬ仕方で遊び始める。椅子にのぼり、コップを落とし、食事をするはずの場で追いかけっこを始める。子どもたちは大人が構築した世界に対抗するのでも、自分たちの「正しさ」を振りかざすのでもなく、ただ大人と同じ世界を、その与えられた配置のまま、それを構成するあらゆる要素を別の意味で使い始める。子どもたちの果てしない遊び心に、大人は翻弄されてしまう。強い主体であるはずの大人が、まだ意味がないことを受け入れる子どもたちの主体の弱さに、すっかり振り回されてしまうのである。

危機においてますます意味の主導権を握り続けようとするハイパーサブジェクトの支配から自由になるためには、単純な抵抗や正義の主張では不十分なのだ。既知の意味に固着せず、意味の主宰者であろうとする大人たちを結果として翻弄していく子どもたちの遊び心は、これからの時代を生きる大きなヒントを孕んでいるのではないだろうか。

モートンは、子どもたちどころか、あらゆるモノが、精緻に見れば、すでに遊び心を体現していると語る。

モノがモノであるとは、遊戯的《プレイフル》であるということなのだと思う。だから、そのように生きることの方が「精緻（accurate）」なのだ。[2]

現代の物理学は、意識も生命もないとされてきた「モノ」の世界が、いかに創造的で生産的かを明らかにしてきた。現代の宇宙物理学によれば、宇宙はかつて細胞よりも小さな極小の時空から、一〇〇〇億以上の銀河を含む現在の姿にまで膨らみ続けてきた。量子力学によると、物質は最も小さなスケールで、位置と運動量が同時に決まらないような根源的な曖昧さとともに、落ち着きなく揺らぎ続けている。意識や生命がなくてもモノは、ただその場でじっとしているだけの無力な存在ではなかったのだ。

モノはそれ自体がすでに驚くべきほど創造的で、遊戯的なのではないか。とすれば、遊戯的であることは、現実から一時的に脱線することではなく、むしろ遊戯的であることこそが現実的《リアル》なのではないか。既知の意味に固着する生真面目さよりも、あらゆる可能性を試す遊び心の方が「精緻」だとモートンが言うのは、それが意識や生命すらないとされる、あらゆるモノたちに共通する根本的なあり方だからである。

「精緻さ（accuracy）」は、ハイパーオブジェクトの時代の重要なキーワードになる。一つの動かぬ「正しさ」を決めてしまうよりも、これまでより少しでも「精緻」な認識を求めて動き続ける。これは、僕たちの大先輩である植物たちが、これまでいつも実践してきたことでもある。

イタリアの植物学者ステファノ・マンクーゾは著書『植物は〈未来〉を知っている』のなかで、「緊急事態」に直面したときの動物と植物の違いについて、とても面白い指摘をしている。すなわち、動物は緊急事態に直面したとき、いつも同じ対処をしてきたというのだ。それは、「逃げる」という方法である。問題が起きたら、その場からいなくなる。動物はこのために、迅速に動ける身体と神経系を発達させてきた。

これに対して植物は、環境から逃げずに、その場にいながら問題を解く。このため、「並外れて優れた感覚[3]」を磨いてきた。その場にいることを選んだ生き物にとって、その場で何が起きているかを精緻に把握することこそが、死活問題だからである。

パンデミックや地球規模の環境の大変動に対して、僕たちはすぐに逃げることはできない。これらは、「どこか別のところへ行く」という仕方では回避できない問題なのだ。だからこそ僕たちは植物に学ばなければならない。ここでないどこかに行くためではなく、すでにいるこの場所をいままでより精緻に知るためにこそ、資源とエネルギーを大胆に投下していくのだ。

五月一〇日（月）

周防大島の宮田さんからとれたてのスナップえんどうが山盛り届く。子どもたちと生でそのまま食べる。なかからこぼれ出してくるまん丸の豆に、ＪもＲも笑顔が止まらない。「うまーい！」とみんなで叫びながら、全身がスナップえんどうになる。

野菜には栄養がある。食べることは栄養とエネルギーの摂取である。だが、本当にそうなのだろうか。

周防大島から届いたとれたてのスナップえんどうに食らいつくとき、僕たちの頭には栄養やエネルギーのことなど少しもない。ただどうしようもなくそそられてかぶりつく。そして「うまーい！」と叫ぶ。

食べるという行為を精緻に捉えようとすると、どんな風景が浮かび上がるのだろうか。これに関して、生物学者の福岡伸一《ふくおかしんいち》が面白い研究を紹介している(4)。それは、ドイツに生まれ、アメリカに亡命したユダヤ人科学者ルドルフ・シェーンハイマーによる実験である。

シェーンハイマーが立てた問いはシンプルだった。それは、動物が何かを食べるとき、食べものはどこに行くのだろうかという問いだ。これを確かめるために彼は、同位体標識法という手法を用い、元素に目印を付け、その元素を含むアミノ酸を作って、ネズミに三日間食べさせてみた。

シェーンハイマー自身は、食べものはネズミの体内で燃やされ、しかるべき時間が経過したあと、燃えかすが呼吸や糞尿《ふんにょう》となって排泄《はいせつ》されるだろうと予想していた。だが実験の結果は予測を裏切るものであった。目印を付けたアミノ酸は、ネズミの全身に飛び移り、その半分以上が、脳や筋肉、消化器官や骨、血管、血液など、あらゆる組織や臓器を構成するタンパク質の一部となっていたのだ。

食べることは単にカロリーをとることでも、栄養を摂取することでもなかった。精緻に調べてみると、食べることとは、文字通り自分の体の一部が、食べられたものに置き換わっていく過程であることがわかったのだ。

動物が何かを食べることと、車にガソリンを入れることとの違いがここにある。車にどれほどガソリンを入れても、車を構成する部品が、ガソリンの成分に置き換わっていくことはない。ところが僕たちがえんどう豆を食べ、魚を食べ、リンゴを食べるときには、えんどう豆や魚やリンゴを構成していた分子が、それまで自分の身体を構成していた分子と置き換わっていく。さっきまでえんどう豆だったものが僕になり、さっきまで魚の一部だったものが自分の一部になる。まるでカメレオンのように、僕はキャベツになり魚になりトマトになりスナップえんどうになる。精緻に調べてみると、想像以上にシュールなことが、食べるときにはくり広げられている。

少なくともただカロリーや栄養を摂取しているだけというのは、食の理解としてあまりにも解像度が低い。僕たちは食べるとき、もっと愉快で、壮大なことをしているのかもしれない。

僕は自宅で食事をするとき、食卓に並ぶ食材を生み出してきたあらゆるものの生態学的な連関を、なるべく詳細に想像してみようとする。鯛《たい》が泳いでいた瀬戸内の海。その海の流れを生み出してきた大気。スナップえんどうを育てた土の微生物。土を育み続けてきた宮田さん。あそこの土には周防大島の海から打ち上げられた海藻や竹チップも投入されているのだった。種子から見事にこんなに丸々と育った豆たち。一億五〇〇〇万キロ離れた太陽の光を浴びて、こんなにも豊かに育ってきた。

大豆を煮込み、潰し、発酵させて、じっくりと姿を変えてきた味噌。そういえば僕が作った味噌はどうなっているだろうか。天草《あまくさ》の塩もある。富山の米もある。それぞれ別々の進化の来歴をたどってきた動物や植物や鉱物たちが、いまこの食卓の上で共演をしている。そのすべては、少なくとも三五億年前から一度も滅びたことがない「生命」の異なる表現である。同じ地球環境を、鯛は鯛として、キャベツはキャベツとして、イチゴはイチゴとして、イモはイモとして受け止め、解釈し、この地上で生きるとはどういうことかを、それぞれのやり方で表現してきた。僕たちは何億年も前に別の進化の道を歩みはじめ、ここで、この食卓で、久しぶりに再会をした。

「これはお母さんによる宇宙と生命の歴史の表現なんだよ」と僕が子どもたちに語る。息子たちは目を丸くして笑いながら「うまーい！」と叫ぶ。何気ない食事の場面から、あらゆるスケールに認識がはみ出し、この世の生態学的な豊かさに、感動としみじみとした喜びを覚える。この感動はしかし、彼らが大人になる頃には、いまと同じように魚を食べることなどできなくなっているかもしれないという悲しみと背中合わせなのである。

春になり、法然院の土地にうずたかく積もった腐葉土を、近隣で畑をしている人たちがときどきもらいに来てくれるようになった。小倉ヒラクさんを招いたワークショップで作った落ち葉堆肥とは別に、すでにここには長年にわたって、庭掃除で出た落ち葉を重ね続けてきた結果、大量の腐葉土が蓄積されている。これをみんなでふるいにかけ、小石や枝を取り除き、真っ黒でふかふかの腐葉土を、好きなだけ持ち帰ってもらうのだ。

親と一緒にやってくる子どもたちも、僕たちと一緒に土をふるいにかける。飽きたら石や枝を探して遊ぶ。育てたり、作ったりする経験もいいが、子どもたちにはまず、「もらう」こと、「拾う」ことを、たくさん経験してほしいと思う。

自然の圧倒的に潤沢な富を、僕たちの社会はお金を払わなければ買えない商品に変えてしまう。「あのみかん採ってもいい？」と散歩中に息子に聞かれて僕は、「ダメだよ、あれは他の誰かのものだから」と答えなければいけない。自然からの純粋な贈り物を、僕たちはお金を払わなければ買えないことにしてしまった。散歩道に美味しそうなビワがなっているのに、僕は子どもたちに「採ってもいいよ」と言えない。それは誰か別の人の土地に植わったビワの木だからだ。

かつて人間は、自然からもらい、拾いながら生きていた。育てたり、作ったりする以前に、自然から圧倒的な富を与えられていた。自然から与えられているというこの経験が、人間の生活の前提にあった。物を贈り合う連鎖は、「こんなにもらってしまった」という、驚きと感謝の経験からこそ動き出すのではないだろうか。

腐葉土をもらいにきた家族の子どもたちは、石や枝を拾って、それをもらっていく。「どんどんもらってね！」と僕が言うと、子どもたちも真剣になって探し始める。思う存分拾ったりもらったりできる場所を、僕たちはもっと作っていかないといけない。

知識や学問だって本当は、圧倒的に潤沢な富として、もっと自由に拾ったりもらったりできるものであってもいいはずである。老若男女が集い、思わぬ来客が行き交う未来の学び舎《まなや》は、拾うこととともらうことの自由に溢れた場所にしたいと思う。

本書には「土」や「大地」という言葉がくり返し出てくる。社会の喧騒《けんそう》から距離をとり、土と触れ合う時間に、たしかに僕は、ほっとするやすらぎを覚える。だが同時に、不安な時代に、土や土地にしがみつこうとする危うさについても、考えずにはいられない。

歴史学者の藤原辰史は、著書『農の原理の史的研究』のなかで、市場経済の合理性と効率性からはみ出す「農」の営みに着目し、その独自の価値を育て、発展させようとしてきた近代農学の歴史が、しばしば逆説的にも、それが目指してきたのとは真逆の帰結をもたらしてきた経緯をあぶり出している。資本主義の加速に抗い、農の固有の価値を称揚し、生命の根源としての土と人間の結びつきを重視しようとしてきた先人の歩みが、道徳主義や精神主義、自国礼讃や異国への暴力を正当化するロジックへと転落してきた歴史がある。だからこそ、土や農の可能性に目を開き、敬意を寄せながらも同時に、土や大地へと回帰していくことの「正しさ」を盲信し、「朗らかすぎる自己肯定(5)」に陥ってしまうことの危うさを忘れないようにしたい。

そもそも「正しさ」「正義」「真理」などはいずれも、強い主体の言葉だ。生態学的に豊穣《ほうじょう》な網に編み込まれた僕たちにとって、最終的な真実や正しさを掴《つか》もうとするより、目の前の現実を、より精緻に把握しようと動き続けていくことの方が切実だ。

「生命の根源としての土」というヴィジョン自体、そもそも十分に精緻とは言えないのかもしれない。陸上の生物の死骸が蓄積して作られた土壌の歴史は、せいぜい五億年ほどしかない。[6]生き物は、陸上に土壌が形成される何十億年も前から、この地球上で活動をしてきたのである。僕たちの故郷は、厳密に考えれば、「土」よりももっとはるかに広い。

圧倒的なエネルギーで燃焼し続ける太陽の危険な熱さも、十分に距離を隔てたこの地上に届く頃には、生命を支えるあたたかな光になる。春の日を浴びていると、しみじみと懐かしい気持ちになる。地上に土壌が形成されるずっと前から、生命は光に生かされてきたのである。太陽が宇宙空間に放つ圧倒的に潤沢なそのエネルギーの一部を、僕たちは、もらい、拾いながらここまで生命を繋いできた。光は、地球の外からやってくる。僕たちの生を支える生態学的な網は、地球の内部だけに閉じるものではない。

『hyposubjects』でモートンとボイヤーが、砂場に置き去りにされ、風雨にさらされた、壊れたおもちゃに自分たちの本を喩える場面がある。なにしろ彼らのこの本には、自己完結した理論もなければ、首尾一貫した一人の著者すらない。破れ、裂け、穴が開いた不完全な思考を、彼らはそのまま、その場に曝《さら》け出している。

近所の子どもたちが遊ぶ公園の砂場に、風雨にさらされた古いおもちゃが、置き去りにさ

れているのを思い浮かべてもらってもいい。このおもちゃは、足か、タイヤが、取れてなくなってしまっている。だが、そのみじめな不完全さこそが、なぜか次のプレイヤーを誘い込むのだ。(7)

二〇二〇年の春に始まるおよそ一年の思考と行為の記録を僕はこの本に綴ってきた。この本もまた、完結した理論や、困難を乗り越えるための処方箋ではない。だが、未来の読者が、砂場に置かれたおもちゃのように、この本をいつか手に取り、そこから新しい行為《プレイ》が生まれてくるとしたら、どんなに素敵なことだろうかと思う。

この先にどんな行為の可能性があるか、僕にはまだわかっていない。だが、わからないからこそ、探り、遊び、試み、転び、そしてまた立ち上がりながら、これからも生きていくことができる。

俯瞰し、理解し、支配し、制御し、まとめ、整理し、管理し、冷笑し、見下ろすために、僕たちは生きるのではない。模索し、問い、適応し、傷つき、失敗し、混乱し、逸脱し、笑い、感謝し、願い、受け継ぎながら、僕たちは弱く、悲しく、しかしだからこそ他者と呼応し、響き合うことができる存在として、この巨大で、全貌を見渡せない宇宙の片隅に遊び、それぞれの生を奏でていくのだ。

おわりに

夏は忙しい。

長男が近くの田んぼでオタマジャクシを毎日のように捕まえてくる。家の水槽でカエルになるまで育て、尻尾が消えた頃にまた田んぼに返しに行く。卵から育てていたカブトムシたちが成虫になる。去年まで土のなかで丸まっていた彼らが、地上でたくましく木にしがみついている。コスズメの幼虫が蛹になる。カワムツが驚くべき速さで成長していく。カミキリムシが枯れ枝にかじりつく。トマト、キュウリ、唐辛子、カブ、大葉を収穫する。大量にとれた唐辛子は、醬油漬けにする。キュウリはもいだそばから、子どもたちがほおばっていく。冬に仕込んだ味噌を開けてみる。カビや酵母が過ごしてきた時間の履歴が、香りとなって部屋中に広がる。

近くの用水路で捕まえた大きなトノサマガエルは、見つけたときから右腕がない。動きが少しだけ不自由ではあるが、たくさんの餌を食べる。夜になるとコオロギが鳴く。一匹ずつカエルのいる水槽に入れる。コオロギはコケやシダのまわりを探索し始める。好奇心か、遊び心か。やがて、無防備にカエルの前に向かう。あっさりとカエルの餌食になる。コオロギがいなくなる。カエルは、ギュッとまばたきをする。

たくさんの生き物が生まれて死んでいく。この家のなかだけでもそうなのだから、地上ではどれほどの生と死がくり返されているのだろう。しかも大多数の生き物は、寿命が来る前に何ものかに食われる。生きて死ぬ。めまぐるしく生と死が回転しながら、生命の流れは少しも途絶えることがない。


「お父さんもいつか、コオロギみたいに、特に深い理由もなく死んでいくんだよ」

と僕がつぶやく。

「だれが?」

と長男はちょっと驚いたような顔をする。

「お父さんが」

と僕は答える。

「そしたら天国に行って、また生まれ変わるの?」

「そうかもしれないね」

と僕は答える。

「生まれ変わったら蝶になりたいな」

と長男が言う。

「ちょうちょになって、空を飛びたい」

「そしたらお父さんはイモムシに生まれ変わろうかな。またJのお父さんになりたい」

長男はちょっと考えるような表情になる。

「やっぱりJは、またJに生まれ変わる」

「それがいいね。じゃあお父さんはまたお父さんに生まれ変わろう。Rは？」

「おも！（ぼくも！）」

と次男が答える（次男はいまは何ごとも兄と一緒がいいのだ）。


生まれ変わりは、お伽噺《とぎばなし》である。だが、真実を伝えようとする真剣なお伽噺だ。同じ生命が、姿を変えながら、途絶えることなく続いてきた。とすれば、再会は「いつか」起きることなのではなく、「いつも」起きていることなのではないか。いつかまた会おうと約束する前に、僕たちはいまここで、いま、ここでまた会えているのだ。

去年の夏も目まぐるしかった。

生まれて初めて、野菜を育てた。小さなトマトが一つなっただけで、僕たちはみんな大喜びをした。一つの小さなトマトを、家族四人で分けた。

近くの水路で、カワムツを捕まえた。水槽にはりついて様子を見守り続けた。結局、カワムツしばらく仕事が手につかないまま、水槽にはりついて様子を見守り続けた。結局、カワムツはもといた水路に返した。魚のいなくなった水槽には、ヌマエビとタニシだけが残った。

今年の春になって、水槽にカワムツが戻ってきた。今度は去年とは違い、メダカと見間違えるような小さな稚魚だ。家に連れてきたり、川に戻したりしながら、いまは五匹のカワムツと三匹のヨシノボリ、そして、ヌマエビとタニシたちがいる。稚魚のときから水槽にいるカワムツたちは、水槽から逃げようとはしない。昨夏何度も脱出を試みていた大きなカワムツのことを思い出しながら、僕たちは魚に餌をあげる。

反復していることがある。くり返さないこともある。去年とはまた別の夏が、去年と地続きにある。

一三〇以上の国が参加する「生物多様性及び生態系サービスに関する政府間科学‐政策プラットフォーム（ＩＰＢＥＳ）」が二〇一九年に発表した報告書によれば、いま地球上にいる動植物のうち、少なくとも一〇〇万種が、数十年以内に絶滅する可能性があるという。生物多様性が失われ、豪雨の頻度が増え、猛暑はますます酷くなり、しかし僕たちはいつしか新しい現実に追われながら、世界がかつてどんな場所であったかを忘れていくのだろうか。

せめて、こんな生き物がいた、こんな季節があったと、深く心に焼き付けてほしいと思う。子どもたちには、心ゆくまで遊んでほしいと思う。


本書は、二〇二〇年の春からちょうど一年間、雑誌『すばる』で続けてきた連載をまとめたものだ。連載は本来、『すばる』の気候変動特集号に合わせて掲載される予定だった。このため、二〇一九年の夏頃から少しずつ準備を進めていた。人間をとりまく地球環境そのものの大規模な変化を前に、どのように言葉と思考の常識を編み直していくか。この問いを軸に、思考を重ねていく予定だった。

ところが連載が始まるタイミングで、パンデミックが襲来した。それは、思わぬ形で、「人間をとりまく地球環境そのものの大規模な変化」を、気候変動とは別の形で、突きつけてくる現実であった。結果的に、連載の趣旨はほとんど変わらないまま、当初想定していたよりも差し迫った緊張感のなか、一年にわたって連載を書き進めていくことになった。にわかに日常が背景から変容していくなか、日々の思考を記録し、発表する場があったことは、僕自身にとっても大きな心の支えとなった。

連載は、集英社の岸優希さんとの対話のなかから生まれた。大学院で翻訳論を研究していた岸さんは、数学について書き、語るというこれまで僕がしてきた仕事を、翻訳行為として読み解いてくれた。「翻訳（translation）」とは、何かを別のどこか（trans）に運ぶ（latus）ことである。コオロギの生命がカエルに翻訳され、花の蜜が蜂の飛翔に翻訳される。太陽がタンポポの開花に翻訳されて、子の遊びが父の思考に翻訳される。この世界は翻訳の網なのである。

　これまでの著作とは主題もスタイルもかなり違うこの本を、これまでの仕事の自然な延長として書き進めることができたのは、頑なに貫くよりもときに翻ってみること、いまいる場所から違う場所に向かっていくこと、翻訳することこそ僕自身の生き方だったと、彼女が僕に気づかせてくれたからである。

　本書に何度も登場する小説『The Overstory』の著者リチャード・パワーズの新作小説『Bewilderment』が、まもなく米国で刊行される。気候変動による森林の危機とこれに立ち向かう人間を主題とした前作に対して、今作では、環境の危機が招く、人間の内面の崩壊が主題だ。物語の主人公は、小学生の少年とその父である。繊細で優しい、動物好きの少年は、医師に向精神薬を処方されている。父は、何とかして薬に頼ることなく、息子の心を救おうとする。

本書最終章のエピグラフでは、この本の出版社のウェブサイトに掲載された、新刊紹介文から一節を引用した。[1] まだ刊行されていない小説の紹介文から言葉を引用するのはフライングかもしれないが、あまりにも深く心に響く言葉だったので、引用させてもらうことにした。

明らかに自己破壊に夢中なこの世界について説明を求められたとき、父は息子に何を語ることができるだろうか。

僕はこの問いを、自分自身の問いだと感じる。

できることならこんな問いかけを、子どもたちがしなくてもいいような世界にしたい。だが、もし彼らがいつか、ただひたすら「自己破壊に夢中」なこの世界を前に、どう生きたらいいかを見失うときが来たら、僕は彼らに、言葉を贈りたい。心を閉ざして感じることをやめるのではなく、感じ続けていてもなお心が壊れないような、そういう思考の可能性を探り続けたい。

僕たちはどう生きるか。僕たちはどう生きていたのか。本書は、僕から未来に宛てる第一信である。

幼虫は成虫に変わり、コオロギはカエルの一部に変わり、本は読者の新たな思考に変わる。未来は、自分が自分であるという幻想を打ち砕き、あらゆるものを生まれ変わらせていく強烈な力だ。未来についてたしかなことは、いまの自分が、自分ではなくなること。亡びてなくなるのではなく、果てしなく翻訳を重ねながら、いつしか自分の知らない何者かに生まれ変わっていくということ。

この本を読者が手にとったいま、未来はすでに僕を侵食し始めている。翻訳が始まっている。生まれ変わり始めている。僕たちは生きる。僕たちは死ぬ。だが、生まれ変わり続ける生命の流れは、誰にも止めることができないのである。

［註］

＊文献については、二〇二頁をご覧ください。

春／STILL

（1）二〇二一年七月現在は京都大学大学院教授。
（2）山内一也『ウイルスの意味論』六頁。
（3）山本義隆『熱学思想の史的展開1　熱とエントロピー』。
（4）厚生労働省は五月八日、相談の目安から「三十七度五分以上の発熱」などを削除し、息苦しさや強いだるさ、高熱などの症状がある場合はすぐに相談するよう、それまでの方針を改めた。
（5）小西雅子『地球温暖化は解決できるのか』九頁。
（6）https://business.nikkei.com/atcl/gen/19/00119/040200012/
（7）https://www.newyorker.com/culture/annals-of-inquiry/the-coronavirus-and-our-future
（8）https://www.iwanamishinsho80.com/post/pandemic
（9）このときのことは『すばる』（二〇一九年七月号）「学びを解き放つ」に書いたことがある。
（10）http://www.mitsubishielectric.co.jp/me/dspace/column/c2003_2.html
（11）Timothy Morton, *Humankind*, p.186. ティモシー•モートンの著書や講演からの引用は、以下すべて筆者訳。
（12）山内一也『ウイルスの意味論』二〇二頁。
（13）Timothy Morton, *Hyperobjects*.
（14）稲垣栄洋『たたかう植物』一一九頁。
（15）「他の生物と共存関係を築くために植物がしたこと、それは、自分の利益より相手の利益を優先し、「まず与える」ことだったのである」（稲垣栄洋『たたかう植物』一九九頁）。

(16) *The Overstory* からの引用は、以下すべて原文と木原善彦訳を参照して作成した。
(17) Richard Powers, *The Overstory*, p.3.
(18) Timothy Morton, *Hyperobjects*, p.16.
(19) *Hyperobjects* でモートンは、ハイパーオブジェクトの時代は「偽善(hypocrisy)」と「弱さ(weakness)」と「不具(lameness)」の時代だとして、それぞれの概念をこの本の第二部で掘り下げて論じている。
(20) 「冷笑主義とは単に偽善的な偽善にすぎない」(*Hyperobjects*, p.156)。
(21) *Hyperobjects*, p.1.
(22) *The Overstory*, p.3.
(23) *The Overstory*, p.115.
(24) *Humankind*, p.144.
(25) ただし、新型コロナウイルスの起源は現時点(二〇二一年七月現在)ではまだ確定しておらず、動物から人間への感染の可能性のほかに、中国・武漢のウイルス研究所から流出した可能性も排除されていない。
(26) IPBES, The Global Assessment Report on Biodiversity and Ecosystem Services, 2019.

夏／Unheimlich

(1) https://www.data.jma.go.jp/cpdinfo/extreme/extreme_p.html
(2) 鬼頭昭雄『異常気象と地球温暖化』一一七頁。
(3) 坪木和久『激甚気象はなぜ起こる』。
(4) 「温暖化していない地球」は、コンピュータシミュレーションのなかにしかないというのが、いまや厳粛な事実である。

(5) Y. Imada, H. Kawase, M. Watanabe, H. Shiogama, and M. Arai, 2019: The July 2018 high temperature event in Japan could not have happened without human-induced global warming. *SOLA*, 2019, Vol. 15A, 8-12.

(6) 「「災害」の環境史：科学技術社会とコロナ禍」（第1回） https://www.youtube.com/watch?v=QYZ03nSClD0

(7) 「協生農法ショートムービー」https://www.youtube.com/watch?v=2kOezQhbMOI

(8) デイビッド・モントゴメリー『土・牛・微生物』二五五頁。

(9) 「協生農法実践マニュアル」（二〇一六年版）八頁。

(10) 五井平和財団第五四回講演会「協生農法―食糧生産の革新に基づく、健康と平和の創出に向けて」 https://www.goipeace.or.jp/work/lecture/past/lecture-54/

(11) マニュアルはSony CSLのウェブサイトからダウンロードできる。https://www.sonycsl.co.jp/news/3802/

(12) 舩橋真俊「情報産業へ向かう農業、生態系の力をＩＴで強化」（日経クロステック） https://xtech.nikkei.com/dm/atcl/mag/15/398605/020800007/

(13) 同右。

(14) Ｈ・ベルクソン／Ｓ・フロイト『笑い／不気味なもの』二五〇頁。

(15) 舩橋真俊「テクノロジーは人の苦しみを取り除く手段。幸福論を持ち込むべきではない」二一〇頁。

(16) 滝川一廣『学校へ行く意味・休む意味』一五二―一五三頁。

(17) https://www.huffingtonpost.jp/entry/story-yoro-takeshi_jp_5f51a76ec5b62b3add3e43cf

(18) Synecoculture: Masatoshi Funabashi at TEDxKids@Chiyoda https://www.youtube.com/watch?v=w9NNBwf_MSc

(19) Anthony D. Barnosky and Elizabeth A. Hadly, *Tipping Point for Planet Earth: How Close Are We to the Edge?*

(20) World Economic Forum, The New Plastics Economy: Rethinking the future of plastics, 2016.

(21) 中嶋亮太『海洋プラスチック汚染』、一七頁。

秋 ／ Pleasure

（1）http://www.theinvisiblegorilla.com/videos.html
（2）中島隆博『「荘子」鶏となって時を告げよ』。
（3）澤田智洋『ガチガチの世界をゆるめる』二一頁。
（4）Timothy Morton's Lecture "Geotrauma" http://ga.geidai.ac.jp/2020/11/30/geotrauma/
（5）https://www.youtube.com/watch?v=0WFqp09mikk

冬 ／ Alive

（1）本川達雄『ゾウの時間 ネズミの時間』二八頁。
（2）大河内直彦『「地球のからくり」に挑む』一三頁。
（3）Geoffrey West, *Scale*, p.344. 訳文は、原文と山形浩生・森本正史訳を参照しながら作成した。
（4）横山和成監修『図解でよくわかる　土壌微生物のきほん』四〇頁。
（5）デイビッド・モントゴメリー／アン・ビクレー『土と内臓』一一三頁。
（6）加藤尚武『現代倫理学入門』二〇五―二〇六頁。
（7）同右、二〇六頁。
（8）同右、二一一頁。
（9）David Sobel, *Beyond Ecophobia: Reclaiming the Heart in Nature Education*.

再び、春 ／ Play

（1）https://www.washingtonpost.com/weather/2021/03/29/japan-kyoto-cherry-blossoms-record/

（2）Timothy Morton and Dominic Boyer, *hyposubjects: on becoming human*, p.22-23.

（3）S・マンクーゾ『植物は〈未来〉を知っている』一六四頁。

（4）福岡伸一『生命と食』八頁。

（5）藤原辰史『農の原理の史的研究』四二頁。

（6）藤井一至『大地の五億年』一五頁。

（7）*hyposubjects*, p.20.

おわりに

（1）Richard Powers, *Bewilderment* の紹介文より。https://www.penguin.co.uk/books/1444607/bewilderment/9781785152634.html（二〇二一年八月一日閲覧）

［参考文献］

David Archer, *The Long Thaw: How Humans are Changing the Next 100,000 Years of Earth's Climate*, Princeton University Press, 2008.

Anthony D. Barnosky and Elizabeth A. Hadly, *Tipping Point for Planet Earth: How Close Are We to the Edge?*, Thomas Dunne Books, 2016.

Emanuele Coccia, *Metamorphoses*, Translated by Robin Mackay, Polity Press, 2021.

David George Haskell, *The Forest Unseen: A Year's Watch in Nature*, Viking, 2012.（『ミクロの森 1㎡の原生林が

語る生命・進化・地球』三木直子訳、築地書館、二〇一三年。）

David George Haskell, *The Songs of Trees: Stories from Nature's Great Connectors*, Viking, 2017.（『木々は歌う　植物・微生物・人の関係性で解く森の生態学』屋代道子訳、築地書館、二〇一九年。）

Robin Wall Kimmerer, *Braiding Sweetgrass: Indigenous Wisdom, Scientific Knowledge, and the Teaching of Plants*, Milkweed Editions, 2013.（『植物と叡智の守り人　ネイティブアメリカンの植物学者が語る科学・癒し・伝承』三木直子訳、二〇一八年。）

David R. Montgomery, *Growing a Revolution: Bringing Our Soil Back to Life*, W. W. Norton & Company, 2017.（『土・牛・微生物　文明の衰退を食い止める土の話』片岡夏実訳、築地書館、二〇一八年。）

David R. Montgomery and Anne Biklé, *The Hidden Half of Nature: The Microbial Roots of Life and Health*, W. W. Norton & Company, 2016.（『土と内臓　微生物がつくる世界』片岡夏実訳、築地書館、二〇一六年。）

Timothy Morton, *Humankind: Solidarity with Nonhuman People*, Verso, 2019.

Timothy Morton, *Hyperobjects: Philosophy and Ecology after the End of the World*, University of Minnesota Press, 2013.

Timothy Morton and Dominic Boyer, *hyposubjects: on becoming human*, Open Humanities Press, 2021.

Richard Powers, *The Overstory*, W. W. Norton & Company, 2018.（『オーバーストーリー』木原善彦訳、新潮社、二〇一九年。）

David Sobel, *Beyond Ecophobia: Reclaiming the Heart in Nature Education*, Orion, 1996.

David Wallace-Wells, *The Uninhabitable Earth: Life After Warming*, Tim Duggan Books, 2019.（『地球に住めなくなる日　「気候崩壊」の避けられない真実』藤井留美訳、ＮＨＫ出版、二〇二〇年。）

Geoffrey West, *Scale: The Universal Laws of Growth, Innovation, Sustainability, and the Pace of Life in Organisms, Cities, Economies, and Companies*, Penguin Press, 2017.（『スケール　生命、都市、経済をめぐる普遍的法則』山形浩生・森本正史訳、早川書房、二〇二〇年。）

大河内直彦『「地球のからくり」に挑む』新潮新書、二〇一二年。

岡潔『日本のこころ』講談社文庫、一九七一年。

稲垣栄洋『雑草はなぜそこに生えているのか』ちくまプリマー新書、二〇一八年。

稲垣栄洋『たたかう植物　仁義なき生存戦略』ちくま新書、二〇一五年。

加藤尚武『現代倫理学入門』講談社学術文庫、一九九七年。

川端康成『伊豆の踊子』新潮文庫、一九五〇年。

鬼頭昭雄『異常気象と地球温暖化　未来に何が待っているか』岩波新書、二〇一五年。

熊谷晋一郎「依存先の分散としての自立」『知の生態学的転回　第二巻　身体を取り囲む人工環境』東京大学出版会、二〇一三年。

小西雅子『地球温暖化は解決できるのか　パリ協定から未来へ！』岩波ジュニア新書、二〇一六年。

澤田智洋『ガチガチの世界をゆるめる』百万年書房、二〇二〇年。

志賀直哉『小僧の神様・城の崎にて』新潮文庫、一九六八年。

高槻成紀『シカ問題を考える　バランスを崩した自然の行方』ヤマケイ新書、二〇一五年。

滝川一廣『学校へ行く意味・休む意味　不登校ってなんだろう？』日本図書センター、二〇一二年。

坪木和久『激甚気象はなぜ起こる』新潮選書、二〇二〇年。

中島隆博『「荘子」鶏となって時を告げよ』岩波書店、二〇〇九年。

中嶋亮太『海洋プラスチック汚染　「プラなし」博士、ごみを語る』岩波書店、二〇一九年。

福岡伸一『生命と食』岩波ブックレット、二〇〇八年。

藤井一至『大地の五億年　せめぎあう土と生き物たち』ヤマケイ新書、二〇一五年。

藤井一至『土　地球最後のナゾ　１００億人を養う土壌を求めて』光文社新書、二〇一八年。

藤原辰史「「規則正しいレイプ」と地球の危機」『現代思想　三月号』青土社、二〇二〇年。

藤原辰史『農の原理の史的研究　「農学栄えて農業亡ぶ」再考』創元社、二〇二一年。

船橋真俊「食と水循環　アフリカの挑戦」『水大循環と暮らしⅡ　流域水循環と持続可能な都市』丸善プラネット、二〇一九年。

船橋真俊編著、大塚隆監修「協生農法実践マニュアル　2016年度版」https://www.sonycsl.co.jp/news/3802/

船橋真俊「テクノロジーは人の苦しみを取り除く手段。幸福論を持ち込むべきではない」『好奇心が未来をつくる　ソニーCSL研究員が妄想する人類のこれから』祥伝社、二〇一九年。

船橋真俊「メタ・メタボリズム宣言」『人は明日どう生きるのか　未来像の更新』NTT出版、二〇二〇年。

宮沢賢治『新編　銀河鉄道の夜』新潮文庫、一九八九年。

本川達雄『ゾウの時間　ネズミの時間　サイズの生物学』中公新書、一九九二年。

山内一也『ウイルスの意味論　生命の定義を超えた存在』みすず書房、二〇一八年。

山本義隆『熱学思想の史的展開1　熱とエントロピー』ちくま学芸文庫、二〇〇八年。

横山和成監修『図解でよくわかる土壌微生物のきほん　土の中のしくみから、土づくり、家庭菜園での利用法まで』誠文堂新光社、二〇一五年。

C・ダーウィン『ミミズと土』渡辺弘之訳、平凡社ライブラリー、一九九四年。

S・フロイト『精神分析入門』高橋義孝・下坂幸三訳、新潮文庫、一九七七年。

H・ベルクソン／S・フロイト『笑い／不気味なもの』原章二訳、平凡社ライブラリー、二〇一六年。

S・マンクーゾ／A・ヴィオラ『植物は〈知性〉をもっている　20の感覚で思考する生命システム』久保耕司訳、NHK出版、二〇一五年。

S・マンクーゾ『植物は〈未来〉を知っている　9つの能力から芽生えるテクノロジー革命』久保耕司訳、NHK出版、二〇一八年。

B・ラトゥール『地球に降り立つ　新気候体制を生き抜くための政治』川村久美子訳、新評論、二〇一九年。

初出「すばる」
二〇二〇年七月号、一一月号、二〇二一年二月号、五月号
単行本化にあたり、大幅に加筆・修正を行いました。

森田真生（もりた・まさお）
1985年生まれ。独立研究者。2020年、学び・教育・研究・遊びを融合する実験の場として京都に立ち上げた「鹿谷庵」を拠点に、「エコロジカルな転回」以後の言葉と生命の可能性を追究している。著書に『数学する身体』（2016年に小林秀雄賞を受賞）、『計算する生命』、絵本『アリになった数学者』、随筆集『数学の贈り物』、編著に岡潔著『数学する人生』がある。

僕《ぼく》たちはどう生《い》きるか
言葉《ことば》と思考《しこう》のエコロジカルな転回《てんかい》

2021年 9月30日　第1刷発行
2023年10月17日　第4刷発行

著者　森田真生《もりたまさお》
発行者　樋口尚也
発行所　株式会社集英社
〒101-8050
東京都千代田区一ツ橋2-5-10
電話　03-3230-6100（編集部）
03-3230-6080（読者係）
03-3230-6393（販売部）書店専用

印刷所　大日本印刷株式会社
製本所　株式会社ブックアート

定価はカバーに表示してあります。
©2021 Masao Morita, Printed in Japan
ISBN978-4-08-771757-0　C0095

造本には十分注意しておりますが、印刷・製本など製造上の不備がありましたら、お手数ですが小社「読者係」までご連絡下さい。古書店、フリマアプリ、オークションサイト等で入手されたものは対応いたしかねますのでご了承下さい。
本書の一部あるいは全部を無断で複写・複製することは、法律で認められた場合を除き、著作権の侵害となります。また、業者など、読者本人以外による本書のデジタル化は、いかなる場合でも一切認められませんのでご注意下さい。